陳舜臣

陈舜臣随笔集

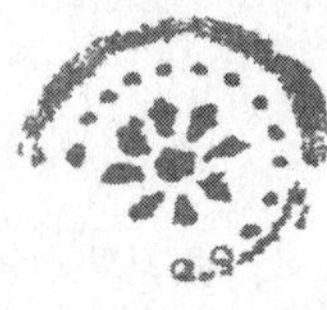

论语抄

〔日〕陈舜臣 著
蒋剑波 译

中国画报出版社·北京

图书在版编目（CIP）数据

论语抄 /（日）陈舜臣著；蒋剑波译. -- 北京：
中国画报出版社，2020.12（2021.9重印）
（陈舜臣随笔集）
ISBN 978-7-5146-1766-5

Ⅰ. ①论… Ⅱ. ①陈… ②蒋… Ⅲ. ①随笔－作品集
－日本－现代 Ⅳ. ①I313.65

中国版本图书馆CIP数据核字(2019)第156827号

论语抄

[日] 陈舜臣 著　　蒋剑波 译

出 版 人：于九涛
审　　校：崔学森
责任编辑：李　媛
责任印制：焦　洋
营销主管：穆　爽

出版发行：中国画报出版社
地　　址：中国北京市海淀区车公庄西路33号　邮编：100048
发 行 部：010-68469781　010-68414683（传真）
总编室兼传真：010-88417359　版权部：010-88417359

开　　本：32开（880mm×1230mm）
印　　张：6.25
字　　数：65千字
版　　次：2021年1月第1版　　2021年9月第2次印刷
印　　刷：三河市同力彩印有限公司
书　　号：ISBN 978-7-5146-1766-5
定　　价：48.00元

目录

前言

在日本，没有哪本古典著作如《论语》这般被广泛阅读。《论语》是孔子（前551—前479）及其众弟子的言行记录，是中国主流思想儒教的根本经典。

汉武帝（前141—前87年在位）时期，儒教成为中国的主流思想。

孔子生活于春秋时期，当时各种思想及学术流派林立，称为诸子百家。儒教与其他流派经历了长期激烈的理论之争，并非一直独尊。

儒士多居于鲁国，谓之鲁儒，世人视其为传授礼仪做法的流派。

汉初，即公元前200年前后，宫廷之内亦无礼法。当时所谓的军队与土匪并无多大区别。

皇帝刘邦举止与匪首无异。

当时，模仿秦始皇时的制度，亦设文书、史官等儒生之职，但均非要职。儒生们穿着肥大的儒生袍，戴着宽大的儒士帽，人群中一见便知。对他们的这种做派，刘邦很不以为然。

“喂，把你戴的那个帽子拿来。”

被叫住的那个儒生奉命献上帽子。然后，刘邦对着帽子恣意小便。

皇帝尚且如此，其他人也可想而知。《史记》记载：“群臣饮酒论功，醉后妄呼，拔剑击柱。”

“这些人太不成体统。你们儒家是教化众生知礼守仪的，对他们可有什么办法吗？”将自己的粗野搁置一旁，刘邦这样向儒家的叔孙通征求意见。

“要训练这些人的话，需要三十几个儒生。”——叔孙通趁机推荐了三十个儒生。这次轮到刘邦沉不住气了，说：

可试为之。令易知，度吾所能行为之。

必须是我也容易做到的，别搞得太麻烦——这才应当是他的心里话。

于是叔孙通率众反复练习，非常成功。练习时，做错的、窃窃私语的均予严惩。

修复一新的长乐宫里，群臣朝贺之仪。场面庄严肃穆，有条不紊，宴上也无醉酒之人。

皇帝刘邦非常满意，“吾乃今日知皇帝之贵也。”时为高祖七年十月。于是，百家之中，朝廷尤厚遇儒家。不过这也只是朝堂之上，后宫信奉的依然是“黄老之术”。所谓“黄老之术”，泛指道家思想，尊传说中的黄帝与老子为源头，在朝廷内部，尤其是后宫女子之中，有广泛的群众基础。后宫女子，即皇帝的母亲与祖母，当然不容小觑。

武帝之父汉景帝时期，皇太后曾向儒士辕固生问询老子之事，答曰：“此家人言耳。”“家人”，当时指的是下人、奴仆。侍女出身的太后大怒，派人把他扔到野猪圈里刺斗野猪。景帝同情辕固生，赐他一把刀，他刺中了野猪才得以无罪脱身。

汉初宫廷的粗野局面由此可见一斑。

似乎儒学只属于男子，而宫廷之中女人们更好老子。

公元前479年，孔子逝世。其后弟子们开始收集他的语录。在还没有纸的时代，弟子们将铭记的话语记在竹简、木简及绢帛上，这就是最初的《论语》，据说成形于孔子殁后百年左右。

《论语》基本是对话体，没有固定题目，可以从任何地方读起。

儒学，一般称为儒教，那么儒学到底是不是宗教呢？马克斯·韦伯（1864—1920）认为中国没有神职意义的王的统治，属于非宗教国家，因此儒教并非宗教。这是因为在他生前甲骨刚被发现不久，还没得到充分研究。甲骨文的研究，使殷的历史骤然明了，殷王无疑也是神职的王。

儒教对鬼神基本采取敬而远之的态度，但不代表其是无神论者。敬，而远之，很接近现代人对待宗教的态度。

儒学不过多参与宗教事务，而是注重道德上、伦理上的修养。

孔子是集儒家大成之人，他尽可能地削减了儒的宗教气息。我们来看一看孔子确立的儒教的原始形式。

“儒”字，白川静认为代表的是祈雨的巫师。“儒”字里有“雨”字，“雨”的下面是“而”，“而”表示的是打扮奇特的人，金文里表现得尤其形象。“而”的上面是“一”，表示头上什么都没有。当时普通的人都要佩冠束发，头上什么都没有是从事宗教活动的人的特殊形象，古代的巫师似乎就是这种形象。殷墟出土的几十万片甲骨，记载的几乎都是殷王向神灵祷告问吉凶的事情。由此可见，殷王是神职的王。

如果儒源于向祖先神灵问卜的巫师，对神灵自然恭敬有加，儒于是成了祭祀的专家集团。祭祀中最重要的当属丧葬，但葬礼不是常有，因此他们要去各地招揽生意。他们各处行走，比一般人见多识广，因此很多人向他们讨教。他们帮人排忧解难，指引处世之道，到孔子的时候，已经发展成时代思想中的一个派别。

汉朝时，儒家确立了掌管礼仪典范的地位，其学派经典《论语》被不断完善。

幼时，我随祖父诵读《论语》，不明其意，只是跟着祖父的闽南方言鹦鹉学舌。中学时，汉文课本里有《论语》节选，我稍微明白了一点儿意思。

战后，我在故乡台湾做了三年中学教员。当时，日本从台湾退出，国语也从日语变为汉语（北京话）。不管是学生还是老师，对新国语都还不适应，都要努力学习，《论语》曾经是学习汉语的教科书。

其后我也一直缘系《论语》。20世纪80年代，儒学得到重新评价，时值中国的台湾、香港和韩国、新加坡经济腾飞，此“四小龙”同属儒教圈这一现象也备受瞩目。1988年，在新加坡召开了“儒教国际研讨会”，对儒学的关注成为世界现象。同年1月，日本的NHK[1]教育频道连续五日播放了以《陈舜臣论儒教与现代》为题的节目。记得节目的收录是在前一年的11月。朝日新闻社希望我能以此为基础写一本书，于是另起炉灶，写下了《儒教三千年》，1992年1月出版。这一时期，《论语》也是形影不离。

写了儒教，自然也要写《论语》，我慢慢地写下来，如同在完成一项作业。要通卷读完《论语》，对普通的人来说比较困难，也没有必要。我从五百多篇中精选了一部分，与其说是对其注释，不如说是以之为题写一些随笔。因为耗时较长，文中有许多重复之处，校对时尽可能地删减了。

本书不能算作学术著作，因此没有一一列举参考文献。当时手头一直放着刘宝楠（1791—1855）的《论语正义》。我在写小说《鸦片战争》[2]（1967）时，为了了解当时知识分子所处的时代背景，读了很多那个时期的作品。刘宝楠是道光二十年的进士，同年鸦片战争爆发。作为清代考证学的名著，这本书屡次再版发行，如今可以轻易入手。现在我手

1　NHK，日本放送协会的英文缩写，是日本第一家覆盖全国的广播电台及电视台。

2　《鸦片战争》，陈舜臣所著第一部中国近代史题材长篇小说，1967年由讲谈社出版。

头的《论语正义》是中华书局1990年的线装本。在中国，读《论语》的人几乎都以它为参考。

日本出版了大量与《论语》相关的书籍，每本书的读法有细微差别，需要统一。宫崎市定的《现代语译论语》（岩波现代文库，2000年）很有权威性。我中学时的恩师原山锐一先生读京都大学时是宫崎市定先生的学生，因此我斗胆自称徒孙，并以此身份参与执笔了《宫崎市定全集》的月报。

关于本书题目，犹豫再三，最终定为《论语抄》，与荻生徂徕[1]的《论语征》的日语发音相同。虽然不是很满意，但想到肯定不会有人将我的书与三百年前大儒的书混淆，也就不以为意了。执笔过程中我强烈感受到，《论语》不但影响到中日韩，也与整个亚洲的伦理思想密切相关。

《论语》这样的古典著作，值得用一生去读。通过《论语》，看他人，看自己，思考世界，思考历史。

1　荻生徂徕（1666—1728），日本江户时代中期的儒学家、思想家和文献学家。

第一篇 学而篇

子曰："学而时习之，不亦说乎？有朋自远方来，不亦乐乎？人不知而不愠，不亦君子乎？"

这是《论语》开卷第一章，即使只有三分钟热血的人，想必也会读过这段话。这里说的是学习的乐趣。当时还没有纸质书，字都写在竹简或木简上，这样的教材应当也极少使用。

"习"，指的是复习。孔子教授的是"礼"，《史记·孔子世家》载："诸生以时习礼其家。"说的是规定时间实际演习。孔子的家是教授礼仪的私塾，成绩优秀的弟子会被推荐给当权者。

对孔子来说，这种学习是乐事。曾经一起学习，后赴任远地的人偶尔会回来，这也是乐事。有时不被人理解，但是心无怨愤，这难道不是君子吗？

孔子殁后，弟子们全力收集其生前所述，编成《论语》。此句为篇首第一章，阐述了学习之乐。孔子强调，学习绝不仅是为谋取职位。

"人不知而不愠"，这句值得品读。《学而篇》最后一句是：

子曰："不患人之不己知，患不知人也。"

与第一章末句同义反复。

在孔子的私塾里，迫切渴望被人认可的学生不在少数，毕竟被人认可是谋取职位的必要条件。但是做学问的目的并不止于此，孔子认为这一点有必要反复强调。

日本的“学习院”的校名，就取自篇首的这句话；近代日本陆军创立者山县有朋（1836—1922）的名字也取自于此。

> 有子曰：“其为人也孝弟，而好犯上者，鲜矣；不好犯上，而好作乱者，未之有也。君子务本，本立而道生。孝弟也者，其为人之本与！”

有子，姓有，名若，比孔子小四十三岁。

有子尤其重视“孝弟”。“弟”，通“悌”。“孝”，指的是孝敬父母，“悌”，指的是遵从兄长。

孝弟之人极少会反抗尊长，不好反抗的人又怎么会兴风作乱？君子致力于根本，根本立则道路自开。因此也可以说，“孝弟”乃仁之根本。

关于“仁”与“礼”这样的重要德行，针对对方的理解程度和性格等因素，孔子因人而异地施教。他对颜渊说“克己复礼”为仁，告诉樊迟说“爱人”为仁。

这句是有子的话，但是位于开卷第二章，基本上也可以理解为孔子的话语。

《春秋左氏传》载，鲁国与吴国欲交战，鲁国组成了三百人的敢死队，有若名列其中。后来，即哀公八年（前487）吴国退兵，战事得以避免。可见，有若应当是个文武全才的好汉，并非只是一个单纯的“孝弟”至上主义者。

子曰：“巧言令色，鲜矣仁！”

《论语》中有不少重复的话语。比如这一句，在开篇的《学而篇》中出现过，在接近尾声的第十七篇《阳货篇》中再次出现，可见这句话几乎成了孔子的口头禅。

寥寥九个字，除掉冒头“子曰”两个字，正文不过七个字。言辞巧妙、表情丰富的人，难得有“仁”心。正常语顺应当是“仁鲜矣”，此处倒置，起强调作用。比如下面两句的区别：

——那个人不行。

——不行，那个人。

“鲜”，指的是少，并非“无”。孔子不喜欢用断定的语气。

也有人认为“鲜”接近“绝无”。孔子门生中子贡能言善辩，孔子经常训诫他。也许孔子本来想说“完全没有”，想到子贡，便改说“鲜”了。

那么“巧言令色”的反面“刚毅木讷”是不是会得到孔子的高度评价呢？当然是的。不过，那也不是“仁”的本质。

刚、毅、木、讷近仁。

这是第十三篇《子路篇》中的一句话。

刚即无欲，毅即果敢，木即质朴，讷即迟钝，古注将四个字分别解释。刚毅和木讷已经成为熟语，孔子喜欢这种风格的人。

曾子曰：“吾日三省吾身。为人谋而不忠乎？与朋友交而不信乎？传不习乎？”

为了传承自己的学问，孔子选择了曾子这个弟子。曾子名参，比孔子小四十六岁，他继承了孔子的私塾。其父曾晳也是孔子弟子，父子两代都蒙孔子的教诲。

每天自省三次：为人办事是否尽心竭力？与友交往是否有不诚实的言行？传人言语是否有杜撰？

一日三次，即多次之意。日本有一家“三省堂”书店，名字便来源于此。

子曰：“道千乘之国，敬事而信，节用而爱人，使民以时。”

这里孔子阐释的是应该如何治理诸侯国。

日语里有“一天万乘之天子[1]”的说法，统治天下的天子是万乘之君。天子之下分封各地诸侯，诸侯统治的国家叫作“千乘之国”。

古代中国战场上不直接骑马，当时还没发明辔头和马鞍，直接骑马的话过于危险。据《史记》记载，赵武灵王（约前325—前299年在位）时，中国人才向塞外的马上民族学会骑马，在那之前士兵们是坐在马车上打仗。

四匹马驾的马车上坐三个甲士，后面跟七十二个步兵。由十二头牛驾的车上装着粮食和武器，跟二十五个车夫。这些合起来为一乘。一乘包括甲士、步兵、车夫，共百人。装备一乘，需要八百户，平均一户有五人的话，那么就是四千人。这样单纯计算的话，千乘之国有人口四百万左右。

万乘之国，即天子之国，人口应当是四千万。当然也只是这样说的，实际上应当并没有那么多。

孔子是现实主义者，他不会轻易去讨论如何治理天下，而只是讨论如何治理千乘之国，即诸侯国。大概孔子参考了他所居住的鲁国的规模。鲁国比邻国齐国小一圈，属于中小

1　日语原文：一天万乗の天子。

规模的诸侯国。

治理诸侯之国，需要严肃对待每一件事，言出必行，节约费用，爱护人民，役使百姓要避开农忙季节。

“道”，即“导”，荻生徂徕认为这里省略的主语是“天子”，因此这句话说的是天子应该如何巡视诸侯国，不应当给人民制造混乱。

阅读古典作品的过程，也是揣摩参考前人阅读体验的过程。《论语》流传了两千多年，幸好汉字与两千多年前表达基本相同。虽然口语已经发生了很大变化，但因为是表意文字，对书面文章并没有太大影响。用表音文字的罗马字母写下的文章，受时代、地域变化的影响很大，现在已经很难理解。而在汉字圈，即使发音发生很大变化，也不影响阅读一两千年前的文章。只是古代是在竹简、木简上书写刻画，比较麻烦，因此人们尽可能地简略记载，对大家都知道的内容便予以省略。但是两千年前周知的内容，有很多今人已经不明白了。

荻生徂徕认为，之所以省略了“天子”，是因为这是当时周知的事实。不过，这种解释现在只是少数意见，在大多数注释书里都被忽略不提。但是，作为风靡一时的学说，揣度一下对此持赞同意见的先人们的想法也不无益处。

子曰："弟子入则孝，出则弟，谨而信，泛爱众，而亲仁。行有余力，则以学文。"

这句说的是为"弟子"之道。"弟"与"子"，指的是年轻人，另有一层意思指的是"孔子的门生"。大多注释书籍都特别指出此处的"弟子"指的是一般年轻人。

为什么不是孔子的门生呢？孔子建议他们"行有余力，则以学文"，如果是自己的门生，他不会这样说的。"文"指的是以《诗经》为代表的古典，是孔子私塾里的学习内容。告诉来求学的人说"有余力的话"确实不合情理。因此可以推测，这里的弟子只是指一般的年轻人。这也体现了《论语》因材施教的原则。

要特意指出的是孔子的弟子有时候会称为"门弟子"。

作为年轻人的基本素养，在家要孝敬父母，在外要顺从长者，言行谨慎，广为交际，亲近品格高尚的人，这些都很重要。这些都做到了，就可以学"文"了。

想象一下，某处有几个年轻人（里面没有孔子的门生），孔子经过，放下拐杖，和他们说话，"年轻人啊……"

顺从年长者为"悌"，不过在《论语》成书时代，还没有这个字，所以原文中全都用了"弟"字。

子夏曰："贤贤易色；事父母能竭其力；事君能致其身；与朋友交，言而有信。虽曰未学，吾必谓之学矣。"

关于"贤贤易色"的解释，自古以来问题颇多。时代不同，解释也有所变化。在孔子生活的时代，这似乎是一句谚语。

尊重贤者为"贤贤"。"易"，意为"如同"，这句话可以理解为：人应该尊重贤者，如同看重美人一般。此处的"色"，当然是美人。

不过也有人认为，"易色"指的是见到贤者后应当正色。

进入10世纪以后，原理主义倾向变强。朱子学认为，"易"是难易的易，有"轻视"之意。这样一来，"贤贤易色"便被解释为重贤德，轻美色。

"侍奉父母尽心竭力，辅佐君上鞠躬尽瘁，交友重诺守信，这样的人，即使谦虚地说自己没有学问，我也认为他们才是真正有学问的人。"

于父母孝，于君忠，于友信，这里说的都是人伦之道，因此，有人认为第一句"贤贤易色"说的是夫妻的理想状态。认可贤德也可以理解为互相认可对方的长处，轻色也可以理解为不以容貌为重。

有子曰：“礼之用，和为贵。先王之道，斯为美。小大由之，有所不行，知和而和，不以礼节之，亦不可行也。”

这是有若的话。前面提到，有子比孔子小四十三岁，能文能武，相貌也与孔子相似。

这句话说的是施行礼制时“和”的重要性。圣德太子[1]制定的十七条宪法[2]的第一条首句便是“以和为贵”，当是出典于此。

“礼”是比较死板的东西，与“和”并用可以得到一定的调和。调和，也可以说成“妥协”。通过妥协可以打破现状，但是如果所有的事情都通过妥协来解决的话，就难免陷于安逸的苟且，无从谈“礼”了。应当妥协的地方妥协，不能妥协的地方一定要坚持原则。“知和而和，不以礼节之，亦不可行也”，说的应当就是这个道理。

文中出现了两个“之”、一个“斯”。这里的“之”指的是什么呢？在孔子的时代也许是大家都心知肚明的，但是

---

1 圣德太子（574—622），又称厩户皇子或厩户王，用明天皇第二子，日本飞鸟时代的政治家。“圣德太子”是谥号。

2 十七条宪法，相传是由圣德太子于604年制定的法律条文，共有十七条。第一条是：以和为贵、无忤为宗。

到了现代，不同人的解释出现了一些细微的分歧。最开始的“斯”指的是“礼”，“小大由之”的“之”也是“礼”，“不以礼节之”的“之”指的应当是“和”。

这是《论语》中第一次提到“礼”，关于这一章自古以来有多种解释，读者不妨选取自己认为最妥当的说法。

有子曰：“信近于义，言可复也。恭近于礼，远耻辱也。因不失其亲，亦可宗也。”

“信”指的是遵守约定，但是并不是所有的“信”都合乎道德。说得极端一些，比如小偷的约定，应当遵守吗？不是所有的“信”都是对的。如果约定的内容接近“义”，就应当遵守。“恭”也同样，接近“礼”的话，就不至于恭敬殷勤过度。

“因”，指的是可以依赖的人，依赖的人不越过自己的亲族，那么可以维系一族的信赖。

也有人认为“因”即“姻”，指的是妻族，这句话意为应当重视妻族，但重视程度不能超过自己一族。（清·桂馥）

皇侃（488—545）在《论语义疏》中认为“因”即“因母”，指的是妻子的母亲。

“因”虽然没有血缘关系，却是无比亲近的人。但是对他们的重视程度也绝不可以超过同一血统的亲人。如此方可成为“宗”，也就是一族的中心人物。

可见有若是一个了不起的理论家，他认为“信”中有八成的“义”就可以了，可见他也是一个妥协派，在前一章里他还提到了通过“和”调节“礼”。

因为身材相貌与孔子相似，孔子逝后，子张、子游等比有若年轻几岁的弟子推举有若接替孔子的位置。

在孔子的私塾里，有若似乎很有声望。但是，门人众多，其中不乏讨厌他这种偏重理论论调的人，推举他接替孔子的计划最终未能实现。

司马迁《史记》中载，有若未能回答出孔子弟子们的提问，有弟子说：“有子避之，此非子之座也！”至于是哪个弟子说的没有明记。

《孟子》中也记载了这件事，并说反对拥立有若的是曾子。曾子说的大致是：虽然形似，但即使都是白色，却与我师孔子的白相差悬殊，不可同日而语。

> 子贡曰：“贫而无谄，富而无骄，何如？”子曰：“可也。未若贫而乐道，富而好礼者也。”子贡曰：“《诗》云：‘如切如磋，如琢如磨’，其斯之谓与？”子曰：“赐也，始可与言《诗》已矣，告诸

往而知来者。”

这里出现了穷人与富人的说法。子贡最开始很贫穷，后来又很富有，朱子［朱熹（1130—1200）］认为这里包含了子贡的经验之谈。

“未若贫而乐道”一句，有的版本里没有“道”字。尤其在中国出版的书籍里几乎都没有“道”字。即使这样，也是“乐道”之意，理解上没有多大区别。

这句话的语句不难理解，听了孔子的话，子贡马上引用《诗经》对答，对此，孔子非常高兴。孔子为什么高兴呢？这是关键。

子贡先问：“贫穷而不谄媚奉承，富有却不骄傲自大，怎么样？”

孔子答道：“可以了，但是还不如虽贫穷却乐于道，虽富有却谦虚好礼。”

于是子贡引用《诗经》：“切磋琢磨说的就是这个意思吧。”

听了子贡的话，孔子很高兴，说：“赐啊，你领悟得很好，可以和你谈《诗》了。告诉你去的路，你就能知道回来的路。”

子贡引用的是《卫风》中的一段：

瞻彼淇奥，绿竹猗猗。

有匪君子，如切如磋，如琢如磨。

“切磋琢磨”即认真琢磨。“切”是对于骨，“磋”是对于象牙，“琢”是对于玉，“磨”是对于石头。

《诗经》是孔子私塾里使用的重要教材，因为重要，被冠以“经”字。但这是宋以后的说法，孔子时代还只是叫作《诗》。共有三百零五篇，因此也被称为《诗三百》。

第二篇　为政篇

子曰："为政以德，譬如北辰居其所，而众星共之。"

"为政以德"这个成语似乎当时很常用。这里先说出成语，然后运用比喻进行说明。

如同宇宙群星都围绕北极星旋转一样，如果以德为政，人们便会慕德而来。

当时人们一般睡得比较早。灯火是奢侈品，因此那些积极上进的人据说就着萤火虫的光、窗外的雪光学习。休息时仰望天空，没有灯火，空气也比现在澄净，古人仰望星空的视力无疑也会比现代人好得多。

子曰："《诗》三百，一言以蔽之，曰：'思无邪。'"

孔子私塾里的教材《诗经》，汇集了各地民歌三百零五首，另有六首只存题目，概说三百首。

虽然数量众多，若用一句话来概括，不过是《诗经》里的"思无邪"这一句。当时传下很多诗歌，孔子删除了那些好色及不合礼仪的内容。根据《史记·孔子世家》记载，孔子是从三千多首诗中精选出了三百余首。

"思无邪"，是《诗经》中的一句，并非孔子原创。出自鲁国宗庙舞乐《鲁颂》的末句，是称颂早于孔子一百五十年的鲁僖公（前659—前627年在位）的句子，其中的“思”，无实际意义，是调整音节的助词，清末大儒俞樾（约1822—1906）也持这个观点。不过经过一个多世纪，到了孔子时代，“思无邪”的“思”就已经不是作为一个单纯的助词，而是作为一个有实际意义的词被引用。

俞樾其人，与日本也颇有渊源。日本废除锁国政策后，人们可以自由地前往中国，于是有日本学者叩响了俞樾的门扉。明治时期的汉学家擅长写汉文，因此通过笔谈可以进行各种复杂的交流。

日本的汉学家很想知道自己的诗在汉诗发祥地中国的评价，于是岸田吟香（1833—1905）带着大友皇子（648—672）等一百数十家的诗集来到中国请俞樾选评，由此问世的便是《东瀛诗选》。个人喜好本有所不同，不能笼统地说是中日差别，不过俞樾似乎对长篇叙事诗的评价更高。

当时中国想要学习的是日本的国家改造——明治维新。

> 子曰：“道之以政，齐之以刑，民免而无耻。道之以德，齐之以礼，有耻且格。”

以政导民，就是利用法律制约民众。违反规定的处以刑罚，这是中国自古以来的法家思想。这种情况下，民众会认为在不触犯刑法的前提下可以为所欲为，钻刑法的空子而不以为耻。

与此相反，用道德和礼仪来引导民众的话，人们会有羞耻心，自觉去走正路。

> 子曰："吾十有五而志于学，三十而立，四十而不惑，五十而知天命，六十而耳顺，七十而从心所欲，不逾矩。"

回顾一生，孔子作了一篇简短的自传。语言浅显易懂，只有"耳顺"稍微生僻一点儿，指的是听别人说话马上就明白其中的道理。"志学""而立""不惑""知天命""耳顺"分别成为十五岁、三十岁、四十岁、五十岁和六十岁的别称。

孔子将一生说得很清楚，对孔子的学生或者其他《论语》的读者来说，不失为一张与自身各阶段对照的参照表。

> 孟武伯问孝。子曰："父母唯其疾之忧。"

《论语》有多种解读方式，每种解读方式都有令人信服的地方，可谓奇哉妙哉！

孟武伯，是孔子同朝卿大夫孟懿子之子，年龄应当与孔子相差很大。孟武伯向孔子请教什么是孝道。

孔子回答：“父母唯其疾之忧。”寥寥七个字，却被赋予多种解读方式。

第一种，是根据后汉马融（79—166）古注的解读，也是最被广泛支持的解读。“除了疾病不要让父母担心”。生病是自己无力改变的，疾病之外不让父母担心就是孝道，不可抗拒因素之外不能给父母增添烦恼。

第二种是朱子的看法，认为“父母只担心子女生病”。第一种观点认为只有生病是没有办法的事情，朱子的观点与之截然相反，认为父母担心的只是子女生病，疾病并非不可抗拒，应当爱惜身体，讲究养生，保障健康。

第三种观点据说是东汉王充（27—97）的看法，“对于父母，只担心他们生病”。担心的主体不是父母，而是子女。对于子女来说，最担心的只是父母的健康。日本的伊藤仁斋[1]也依据这种观点阐述孝道。

在没有纸张的时代，只能在竹简或木简上或写或刻，因此文字都力求简洁，众所周知的内容便省略不刻。但是，即

1　伊藤仁斋（1627—1705），名维桢，号仁斋，日本江户时期的儒学家，谥号古学先生。

使当时是众所周知的内容，百年之后也不得而知了。对这里的寥寥七字所表达的意义，粗略地说便出现了三种不同的理解方式。

吉川幸次郎[1]因为年轻时读习惯了，所以采用第一种观点，也就是古注；贝冢茂树[2]因为孟武伯的父亲有病缠身，所以支持王充的观点；而世间众多的朱子学说的信徒，无疑更支持第二种也就是朱子的观点。

子曰："温故而知新，可以为师矣。"

"温故知新"，已经成了一句熟语，非常有名。孔子私塾里的学生应当有很多人成了教师，有很多教师心得。根据朱子注释，"温"即"寻"。东汉郑玄（127—200）认为是"温"，就好像把凉汤重新加热一遍后会有新味道一样，回顾已知并从中有新的领悟，这样可以算是好老师了。

紧接着的下一章，极短。

子曰："君子不器。"

君子，不应成为容器。"器"，容器，盛放物品之外

---

1 吉川幸次郎（1904—1980），被称为"汉学泰斗"。

2 贝冢茂树（1904—1987），日本东洋历史学家。

别无他用。世上有一种人只懂得自己的专业领域。比如有的人，与汽车有关的无所不知，一听发动机的声音就能判断出是哪家公司哪年在哪里生产的。他的朋友对汽车一无所知，但是对葡萄酒无所不知，稍舔一下就能知道产地，包括用的是哪片土地的葡萄等，但是换成足球的话题就成了彻头彻尾的门外汉。

君子不能只局限于自己的领域。要加热凉汤并调出新味道，这份功夫不是一个容器可以做到的。

皇侃在《论语义疏》中解释得明白易懂。“舟，可以渡海却不能登山；车，能在陆地驰骋却不能在海上行驶。”——这里的“舟”和“车”便是容器，君子不应成为这些物品。

这之后紧接着还有两章关于君子的记述。

子贡问君子。子曰：“先行，其言而后从之。”

子贡问：“君子是什么样子的呢？”孔子回答：“首先行动，然后说话。”

子贡在孔门弟子中也以言语著称，是十哲之一，曾作为外交官两次赴吴交涉，成功地将吴国的目标引向齐国，从而使鲁国免于被齐国吞并。他还是一个一流的实业家，能言善辩应当是他成功的一大要因。

因此孔子对子贡说要“先行”，建议他要行动先于唇舌。对于善于言辞的子贡，言语方面没有什么好教的，孔子根据对象考虑该说什么话。

子曰：“君子周而不比，小人比而不周。”

君子与小人，经常会被拿来做对照。

这里是“君子周，小人比”。“周”，是周到，接近平等。“比”，与“周”相对，是不平等、分派阀。

君子公平待人，小人结党分派。把“比”解释为“偏袒同党”也许更好理解。

子曰：“非其鬼而祭之，谄也。见义不为，无勇也。”

“见义不为，无勇也”，这句话时有耳闻，让人不禁联想到一心太助[1]要挺身而出的场面。这里由上、下两句构成，这句是下句。至于这两句话的关联自古难解。

上句的“鬼”指的是灵魂。孔子先于释迦，当时不管是印度还是中国还都没有佛教。为表达方便，用现代文说就

1　一心太助，日本文学作品中虚构的人物形象，古道热肠。

是：“不是自家的先祖却去祭祀，这是献媚。”

祭祀有权有势的人家的先祖魂灵是为了谋取某种利益，只能说是谄媚。

接下来说：“见义不为，无勇也。”感觉有些突兀。

不过，上句说的是“不义”，下句是强调“义”，倒也不能说完全没有关联。比如说，一个人的叔父因为某个原因获罪，谁都不去给他扫墓，考虑到“义”，这个人断然去扫墓，这就是有“勇”。

1907年，女革命家秋瑾临刑。当时的死刑一般都是绞刑，但作为谋逆犯秋瑾被处以斩刑，遗体被弃市，谁去收殓也会被逮捕。明知这样的风险，盟友徐自华和吴芝瑛两位女子还是收殓、埋葬了秋瑾的遗体，这就是“勇”。有官员请求将秋瑾坟墓夷为平地，政府担心激起民变而指示按照遗族的要求来办，当时政府已经担心民变丧国了。

这两个女子的勇气令政府心惊。

徐自华与吴芝瑛，和秋瑾是结义姐妹。她们曾约定，姐妹中如果谁不幸去世，活着的人要把那个人的遗体埋葬到杭州西泠桥一带。

说几句题外话。当时事件的最高责任者浙江巡抚张曾敭因为处决秋瑾受到全浙江的弹劾，他招架不住而转任江苏巡抚，在那里也被上海市民厌弃，一个月后又转任山西，又因为省民的排斥，三个月辞官。告发秋瑾的胡道南被人暗杀，当时审讯的会稽知事李钟岳自杀，攻击秋瑾的李益智后来在广东大沙头被烧死。

当时人们将这些称为“公愤”。在此之前的封建社会，“公愤”前有行不通的壁垒，有解决不了的问题，可以说这几位女性的“勇”打破了这道壁垒。四年后，大清帝国灭亡。

第三篇　八佾篇

孔子谓季氏："八佾舞于庭，是可忍也，孰不可忍也？"

在众多表示"说"的文字中，"谓"字暗示了不是一般地"说"。这句话中有批判意味，是孔子对当时鲁国权贵季氏的批判。

鲁国始祖周公是周文王之子，周朝开创者周武王之弟。周朝的礼乐制度就是周公制定的。武王死后，周公辅佐幼王摄政很长一段时间，奠定了周朝的基础。因此在周朝，鲁国地位卓越，甚至被特许享受很多只有天子才能享有的特权。

祭祀时的八佾舞是天子的特权，作为周的副天子，鲁国的国君也被特别允许使用八佾舞。但是，连鲁国的卿大夫季氏祭祀的时候都在自家庭院表演八佾舞，这实属僭越。

所谓"八佾舞"，指的是纵横各有八人，也就是共有六十四个人起舞的大型舞蹈。当时的礼制规定的各级规模是：诸侯六六三十六人，卿大夫四四十六人，士四人。

季氏属于卿大夫，应是十六人之舞，但是他却越了两级跳起了天子之舞。因此孔子批判说如果连这种事情都可以容忍的话，那么天下就没有什么不可以容忍的了。

鲁国的卿大夫，除季孙氏之外，还有孟孙氏和叔孙氏。

其中，只有季孙是正室子孙，其他都是侧室所出，所以季孙氏才被特殊看待吧。但他僭越的行为也实在有些过分了。

这里只说是季氏，与孔子同时代的季氏分别有季平子、季桓子、季康子，因此无法确定指的是其中的哪一位。如果指的是季平子（？—前505），当时孔子三十来岁，正是年轻气盛的年纪，从这般溢于言表的愤慨来看，这个时期的可能性很大。这里不特指是季氏的哪一位，也是因为季氏代代僭越成性吧。

子曰："夷狄之有君，不如诸夏之亡也。"[1]

有时，同一句话会被理解成完全相反的两种意思。

夷狄可以译成异民族。处于文明圈中心的是夏的后裔，孔子生活的春秋时代很多国家并立，所以称为"诸夏"，孔子的母国鲁也是诸夏之一。

文明圈周围是各异民族：东夷、西戎、南蛮、北狄，总称"夷狄"。

比较旧的解释，即古注解释为：夷狄有君，亦不如诸夏无君。也就是说，异民族纵使有君主，也不如诸夏没有君主的状态——这真是了不起的中华思想。

1　原文此处的日语注释可译为：夷狄尚有君，诸夏之亡不如也。

对此，朱子做了不同的解释，被称为新注：异民族有君主秩序尚存，不像当时的中国这般没有君主而秩序混乱。这句话是赞扬异民族君主立而秩序井然，慨叹乱世中国。可以理解为：夷狄尚有君，诸夏之亡不如也。[1]

皇侃的《论语义疏》早年在中国散佚，江户时代，日本的足利学校里发现了这本书。当然它又被中国重新引进，清代的乾隆帝敕命复刻宫廷版。只有这一章，皇侃的原文被替换成与朱子新注接近的解释。清朝乾隆帝也是夷狄（满族）君主，皇侃的古注对其不利。

新旧两种说法如果要选其一的话，我想我会选择新注。

子曰："君子无所争，必也射乎！揖让而升，下而饮。其争也君子。"

君子不与人相争，如果非说有所争的话，那就是比试射箭吧，也就是射靶比赛。比之前，双方先抱拳作揖，谦让出场顺序，决定胜负后，输的一方喝下罚酒。说是竞争，也是君子之争。

输的一方喝酒，有时赢的一方也会喝。射靶比箭，双方能力一目了然，是非常公正的比赛。"其争也君子"，指的

---

1 （宋）程子："夷狄且有君长，不如诸夏之僭乱，反无上下之分也。"

就是这一点。

需要裁判的体育竞赛，总会有裁判看不到的犯规之处，君子不做这种比试。

“射”也是当时君子需要具备的教养——“六艺”（礼、乐、射、御、书、数）——之一。

当时的风气是，有一技之长找工作就会十分有利。孔子对这种容易导致知识结构单一化的风气持批判态度，他并不看好视野狭隘的人。

第九篇《子罕篇》中有句“吾何执？执御乎？吾执御乎？”这句话之前有“大哉孔子，博学而无所成名”，说的是孔子虽然博学，但并未以某一行的专家而扬名，所以赞他“大哉”。听到这个评价孔子非常满意。于是他顺口说道：“什么？成什么专家？那么，赶车专家？或者射箭专家？我还是做赶车专家吧。”因为是孔子，谁都以为他会说自己是礼的专家，或者是乐的专家，没想到他在赶车和射箭之间犹豫了半天，最后说是赶车专家。

也可能这里说的是出门狩猎时的职责安排。乘车狩猎时，是赶车呢，还是射箭呢？他说还是做默默支撑的车夫比较好。孔子性情，昭然欲出。

子曰：“居上不宽，为礼不敬，临丧不哀，吾何以观之哉？”

居于上位而不宽容大度，行礼时只表面敷衍毫无敬意，参加葬礼时没有悲哀，这样的人我是不想见的。

孔子说了这样一句话，“吾何以观之哉？”语气极其严厉。

《八佾篇》最后一章的这个末句，和头一章的末句“是可忍也，孰不可忍也”似乎在遥相呼应。

第四篇　里仁篇

子曰：“里仁为美，择不处仁，焉得知？”

据《周礼》记载，二十五户为一里。即使在那样的小村落，也是以仁人多而为美。不选择那样的地方居住算不上是聪明人。

也有人将“里仁”的“里”看作动词，将这句解释为“住在仁处为美”，这种说法也很有说服力。古代应当不能随便搬家，因此这种说法可能更自然。荻生徂徕认为，这里的“仁”指的不是“仁者”，而是一种抽象意义。

不过，又有“孟母三迁”的说法，这样看来，至少在公元前300年前后搬家还是非常自由的。孟子的母亲考虑到孟子的教育环境而搬了三次家。最初在墓地附近，孟子就总是模仿下葬时人们的举止。孟母感觉这样不妥，于是搬到了市区，这次孟子又沉迷于模仿商人。于是又搬到了学堂附近，这次孟子终于开始学习了。人们常用这个例子来强调环境对儿童教育的重要性。

孔子和孟子相差一百八十年，孟子出生时《论语》已经问世。热衷教育的孟母一定读过《论语》，一定是熟读了第四篇《里仁篇》的开篇语，并将它作为依据而数次为子搬家的。

在中国，搬家有个雅称，叫“乔迁”。《诗经》里也有

“迁于乔木”的句子，说的是黄莺飞出山谷移居高木。

子曰：“不仁者，不可以久处约，不可以长处乐。仁者安仁，知者利仁。”

有一种风气，见到“子曰”便以为一定是孔子的话。不过，孔子自己也说过，他是“述而不作”的，说他自己只是阐述者，不是始创者。如今被当作出自孔子的话语中应当有很多源自前人。

这里，关于“不仁者”，用了六字对偶：

——不可以久处约（不可以长久地居于穷困的生活）。

——不可以长处乐（不可以长久地居于安乐的生活）。

这叫韵文。最后一个字分别为“约”和“乐”。当然主语都是“不仁者”。

不过后半部分是四字对仗：

——仁者安仁（仁德的人安于仁）。

——知者利仁（聪明的人利用仁）。

前半部分的主语都是“不仁者”，后半部分的主语分别是“仁者”和“知者”，构不成对立的两面。在儒家看来，仁是道德的最高境界，仁者是到达那种境界的人；知者是志于仁但尚未达到那种境界、还差一步之遥的人吧。

孔子门徒中能称为仁者的少之又少，大多数人都停留在知者的层面。

两组对仗，语感不同。一组都用“不仁者”做主语，一组分别用志向相同但到达程度不同的“仁者”和“知者”做主语。

也许因为作为阐述者，孔子将本是两个话题的内容归纳到一个章句中，所以读到这里读者也不得不深思一下。

荻生徂徕说，《论语》中掺杂了很多早于孔子时代的成语，却被误以为出自孔子。

《里仁篇》中很多章非常简短。接下来的两章分别是：

> 子曰：“唯仁者能好人，能恶人。”
>
> 子曰：“苟志于仁矣，无恶也。”

这些句子简洁明了，几乎不需要注释。

> 子曰：“朝闻道，夕死可矣！”

这句话广为流传，但是孔子是在什么情况下说的却无人知晓。

闻道是一种理想，却很难实现。可以想象，对这一点孔子非常悲观，甚至认为至死也难闻道吧。

但是，如果再稍作努力便可闻道的话，那么即使马上死去也心满意足。“啊，太好了，死而无憾了。”能作此想，又是极其乐观。

从倾向来看，古注接近前者，朱子的解释接近后者。读者不妨根据此一时彼一时的情绪选择合适的解释。

子曰：“君子怀德，小人怀土。君子怀刑，小人怀惠。”

短短几句，出现了四次“怀”，意为思之极深。

此处的君子指的是当政者，小人指的是民众。

当政者重视道德，民众安于土地；当政者重视刑罚，民众关心恩惠。

看似是君子与小人的对比，荻生徂徕认为这里其实联系着因果：如果当政者看重道德，那么民众就会安于土地；反之，如果当政者更看重刑罚，那么民众就会时刻考虑如何去躲避刑罚。

在封建社会，对统治者来说民众逃散是极大的耻辱。民众在严厉的惩罚面前希望能得到宽恕，实在不行才逃跑，让官员蒙羞。

子曰：“参乎！吾道一以贯之。”曾子曰：

“唯。”子出，门人问曰：“何谓也？”曾子曰：“夫子之道，忠恕而已矣。”

参是孔子弟子曾子的本名。前面也提过，参的父亲曾皙也是孔子的门生，父子两代都拜于孔子门下。

孔子说“参”，然后接着说“我的想法贯穿着一个基本理念”。曾子只回答了一个字“是”，于是孔子离开了。好像孔子是到曾子家来了。“门人”指的应当是曾子的弟子，刚才禅问一样的对话他们没听懂。于是曾子给他们解释：“先生的做法，都贯穿着忠和恕啊。”

自古以来对孔子“吾道一以贯之”中的“一”众说纷纭。曾子解释为“忠”和“恕”，这不是两个吗？

“忠”是忠于自己的良心，然后推己及人，也就是加上了个“恕”，成为连文“忠恕”。和“礼节”一样，两个字连起来表示一个意思。这样“忠恕”只是一个概念，与“一”不矛盾。

这句话涉及儒学精髓，在宋代尤受重视。

曾子是孔子门下名徒，《论语》中多次登场。第一篇《学而篇》中的名句“吾日三省吾身”就是他的话。记录下来的和老师的对话只有这一段，并且他的发言只有“唯”一个字。

子曰：“德不孤，必有邻。”

德不会是孤立的，周围一定会出现理解他的人。

据说以前圣人舜居住的地方，一年便聚集了很多人，两年成为城市，三年成为都城。德行高尚的人的周围，总会聚集很多仰慕他的德行而来的人。孔子的身边，不也是聚集了几千弟子吗？

也许有人无论如何修炼品德都不被认可而孤单寂寥。这句话是对那些人的鼓励，“你并非茕茕孑立独自一人，总有一天会有理解你的人出现，也就是‘德的邻居’”。

第五篇　公冶长篇

子谓公冶长："可妻也。虽在缧绁之中，非其罪也。"以其子妻之。子谓南容："邦有道不废，邦无道免于刑戮。"以其兄之子妻之。

本篇主要集中了孔子对人物的评价。这里提到了公冶长，关于这个人物知之不详，只知其姓公冶，名长，好像是孔子的弟子。《论语》中他只在这一段中出现过。

如文中所说，公冶长娶了孔子的女儿。定下这门亲事的时候，他好像还在狱中。"缧""绁"指的是捆绑手足的绳子，但孔子知道他是无辜的，并将自己的女儿许配与他。至于他为何入狱没有任何说明，不过在当时应当是大家都知道的事实，并且他的蒙冤也是众所周知的。公冶长为孔门弟子，与孔子女儿按最初的约定成亲，做了孔子的女婿。可见孔子看人独具慧眼，不为外界左右。

尽管如此，人们还是好奇当时到底发生了什么事情，于是出现了各种说法。《论语义疏》中说公冶长能听懂鸟语，一次从鸟语中得知一件凶杀案的尸体所在，反倒被怀疑成凶手。后来，公冶长从鸟语中得知邻国齐国要出兵，这个消息被证实后公冶长的冤屈才得以昭雪。当然这只是传说，我们知道孔子是不屑于这类奇谈的。事实上到底发生了什么，当时可能人人皆知，但没有记录的话一两百年后也就无迹可寻了。

接下来是关于南容这个人物的评论，此人与公冶长不同，出身名门。关于南容，孔子说他“邦有道不废，邦无道免于刑戮”，孔子将兄长的女儿嫁给了他。

将自己的女儿嫁给身陷牢狱的人，将兄长的女儿嫁给重臣之子，有人认为这是因为孔子克己而将更好的姻缘让给了兄长的女儿。对这种说法朱子持否定意见，他认为正因为孔子是公正无私的，所以才不可能那样做。

谁能确定嫁给公冶长就是不幸呢？毕竟关于他的记述太少了。

子曰：“道不行，乘桴浮于海。从我者其由与？”子路闻之喜。子曰：“由也好勇过我，无所取材。”

这一章很有名，尤其在日本认知度很高。孔子发了几句牢骚：“丢开这个道理难行的世界，我要坐上木筏任意西东。”

日本人认为从山东半岛出发漂流的话，差不多就能到日本。当然那时候还没有日本这个地名。

“那时候谁会跟我一起呢？是那个勇敢的子路吧。”

听了孔子的这句话，仲由非常高兴，当时就坐不住了，那劲头，好像明天就要从琅琊出海的样子。

“仲由这个人太好勇了，我已经是非常好勇的了，和他比还是自愧不如。但是制作出海用的木筏的材料上哪里找呢？”

孔子和子路的互动非常生动。

第九篇《子罕篇》中有“子欲居九夷”一句，看来想泛舟外游的想法并不是当时的一时兴起之言。

> 宰予昼寝。子曰：“朽木不可雕也，粪土之墙，不可杇也，于予与何诛？”子曰：“始吾于人也，听其言而信其行；今吾于人也，听其言而观其行。于予与改是。”

宰予，也叫宰我，是孔子弟子中的十哲之一。第十一篇《先进篇》中将孔子弟子按才能划分为以下四种：

德行：颜渊（19）、闵子骞（5）、冉伯牛（2）、仲弓（6）

言语：宰我（4）、子贡（36）

政事：冉求（13）、季路（38）

文学：子游（8）、子夏（20）

（数字表示的是在《论语》中出现的次数）

既然名列十大弟子当中，在孔子的三千弟子中宰予应当是出类拔萃的人物，但是他在《论语》中出现了四次，每次都不太光彩。

这篇起句就是“宰予昼寝”，对此，孔子的评论是“朽木不可雕也，粪土之墙，不可杇也”，非常严厉。“雕”，是“雕刻”。

腐烂了的木头不能雕刻，烂土堆的墙不可粉刷。相当于说“你一无可用”，在孔子来说，算是极其严重的批评。不仅如此，还有下文。“对于宰予，批评已经没有用了，他也不值得我批评”，简直就是要逐出师门的斥责程度。

说了这番话后，孔子仍是难平怒气，接下来的“子曰”，仍然怒不可遏。“以前我听了一个人的话便会相信他的行动；以后不能单靠一个人的话便去相信他，相信他之前要先看他的行动。因为有宰予这样的人，我不得不改变我的做法。”

批判得犀利狠辣。这么激烈的程度于孔子是极少见的。为什么会如此超乎寻常地气愤呢？《论语》的读者们想方设法要找出原因。

事情的起因是“昼寝”。不过是一个午睡，但是作注的人极力主张说“昼寝”可不是“不过睡个午觉的程度”，并不是靠在桌子边上打个盹儿。“寝”指的是脱掉衣服正经地睡觉，这可不是应当在白天做的事情。《礼记》载：“昼居于其内，问其疾可也。”如果白天在室内睡觉，那么别人可以认为他生病了而去探病，所以说并非一个午睡那么简单。

荻生徂徕解释说：“白昼而寝实在是说不出口的事情，所以孔子责备得极其严厉。”也就是说大白天的宰予和女子共寝。这样也就可以理解为什么孔子怒火喷薄了。

另外也有人认为“昼寝”应当写作“画寝”。“昼”与“画”，自古以来常被错用，此处也是其一。

根据唐代韩愈、李翱共著的《论语笔解》，在寝室装饰绘画似乎也不合礼法。

> 子贡曰：“我不欲人之加诸我也，吾亦欲无加诸人。”子曰：“赐也，非尔所及也。”

子贡，卫国人，名赐。这里孔子也称呼子贡为“赐”。

子贡说：“我不希望别人对我做的事情，我也不去对别人做。”孔子说：“赐啊，你还没有达到那种境界。”

子贡经常问孔子孰优孰劣，他似乎很在意这些。这里被孔子说“非尔所及也”，他可能又受打击了吧。

孔子门下有子夏和子张两个性格截然相反的弟子。子夏，本名卜商，性格内敛。与之相反，孔子对子张的评价是“师也辟”，或者“师也过”。“辟”，指的是夸张，有虚饰浮夸的意思。子贡像往常一样向孔子询问两者的优劣，孔子说：“师也过，商也不及。”于是子贡问：“那么是师稍好一些吗？”孔子摇摇头，说出了那句名言：“过犹不及。”

> 季文子，三思而后行。子闻之曰：“再，斯可矣。”

这句话看上去好像季文子是和孔子同时代的人，实际上在孔子出生的十三年前季文子就已经去世了。因此，孔子对季文子的认知都来自乡里的前辈。季文子是鲁国卿大夫，名声极好。《春秋左氏传》中，他以季孙行父的名字出现了二十多次，主要活跃于外交领域。《春秋》记载，他出使晋国的时候，听闻晋国国君病重，于是做好了参加葬礼的准备后才出发。

明末清初，靖南王耿精忠造反，控制福建一带。琉球使节高良亲方（蔡国器）分别准备了呈递明朝政府与清朝政府的国书，到达后发现明朝的残余势力已经失败，于是烧掉了给明朝的国书，递交了给清政权的国书——琉球王国致福建布政使司的文书，时值1677年，乱世之中，极其需要这种谨慎周全。

听说季文子要考虑三遍才付诸行动，孔子说：“三遍太多了，考虑两遍就可以了。”似乎要和那位极其谨慎的先人说：“您可以不必那般。”

季文子考虑一次，相当于普通人考虑两次那么慎重，因此孔子说他考虑两次就相当于常人考虑三次以上了。

第六篇　雍也篇

季康子问："仲由可使从政也与？"子曰："由也果，于从政乎何有？"曰："赐也可使从政也与？""赐也达，于从政乎何有？"曰："求也可使从政也与？"曰："求也艺，于从政乎何有？"

季康子是鲁国卿大夫，袭其父季桓子之位。他是季桓子最小的儿子，并且不是嫡子。季桓子也是一个有争议的人物，据说有可能是他越制用了只有周天子和鲁王才可以用的八佾舞。季桓子病重的时候，其妻南孺子正怀着身孕，他留下遗言，如果生下男孩，则让这个孩子袭位，如果是女孩，则让季康子袭位。后来生下的是一个男孩，却被杀害了。这件事在《春秋左氏传》中有记载。作注的人中有人认为是季康子杀害了那个孩子，毕竟那个孩子之死最受益的人是季康子。

这段话中季康子只是作为提问者登场，他询问孔子的三个弟子的情况，得到了以下的回答：

仲由（子路）做事果断，在需要决断力的时候应当能派上用场；

赐（子贡）通达透彻，应当擅长外交；

求（子有）多才多艺，政治应当也不在话下。

这大概是季康子接替父亲刚刚成为卿大夫时的提问，当时孔子的弟子们已经在辅佐季氏了。

那个时候，政治上以下犯上盛行，季氏实际掌控着鲁国的政权。

季氏使闵子骞为费宰。闵子骞曰："善为我辞焉，如有复我者，则吾必在汶上矣。"

如前所述，鲁国的实权并不在国君手里，而是在季氏手里。孔门弟子也接二连三地为季氏所用。对此，孔子心中应该相当苦闷。想要为民做事，就必须通过当权者季氏，除此别无他法。比如饥馑时要给老百姓分发粮食，只能通过当权者掌握的运输、行政机构来完成。做了季氏家臣的孔门弟子遇到那样的情况，自然当仁不让、竭尽全力。

虽然为数不多，但也有一些人坚守自己的原则，闵子骞便是其中之一。他本名损，在孔子门下以德行高洁、沉稳寡言而著称。

"夫人不言，言必有中"（第十一篇《先进篇》）说的就是闵子骞。不过他也并非一味地只是沉默。

季氏听说闵子骞有才能，想派他去管理季氏的封地费，于是派使者去请他，然而闵子骞的回答却是"善为我辞焉"。

孔子的门生，大多是官僚预备军，找工作的路子并不是很宽，管理一处封地无疑是一个很不错的出路，但闵子骞拒绝了。他没明说原因，只请使者代他好好辞谢。

古注说是因为鲁国国君不在，季氏多行僭越之故。但是子路、冉求这些孔门高徒不也都先后辅佐过季氏吗？

孔子也不满于季氏的僭越，但时事使然不得不妥协，不过他内心深处也许也期待着出现一个高洁的人果断坚决地拒绝季氏的招揽吧。

闵子骞担心今后还会有人三番五次地来请他。历史上有孔明两拒刘备而第三次出山的佳话，叫作“三顾之礼”。但不管来几次使者，闵子骞都不想改变初衷，为表明心意，他是这样对来使说的：“如果再来劝我，我就离开这个国家！”

“汶上”，指的是鲁国和齐国交界的汶河一带。

子谓子夏曰：“女为君子儒，无为小人儒。”

这是孔子对弟子子夏说的话。

子夏，原名卜商，《论语》中这两个名字都出现过。他与子游一样，以文学著称，是孔子门下十哲之一。人们常将他与子张并提，世人评子张多用“辟”“过”，子夏正好与之相反，他节制而谨慎。

孔子将两人进行对比，有一句很有名的评语——“过犹不及”，似乎是在说两者不相上下，不过我总是感觉他对“不及”的一方，也就是子夏的评价更高些。

这句话是对子夏的忠告，“为君子儒，无为小人儒”，仅此而已。“君子”，可以理解为绅士；“小人”，指的是狭隘卑微之人。

两句都以“儒”收束，从这种用法来看，我想“儒”应当是一种职业。

《论语》是儒家经典，但纵观全卷，“儒”字只出现了这一次。可见，“儒”是世间对孔门弟子的称呼。如果是自称的话，《论语》二十篇，出现的次数应当更多。世人称我们为儒，同是儒，希望被称为“君子儒”，无论如何也不愿被说成是“小人儒”。这句话的背景，可能是当时孔子门下有那种风气吧。

儒，可能是人生导师一般的职业。他们的服装让人们对其职业一目了然。首先，儒教人礼仪做法，所以他们自己穿得很正式。既然要做绅士，就不能打架，所以衣服肥肥大大，帽子也超乎寻常地大。直到孔子几百年后的汉初，儒生们戴的还是这种夸张的大帽子。汉朝第一个皇帝刘邦出身平民，性格粗鲁，他对这种大帽子特别反感。

“喂，戴大帽子的那个人，把帽子拿来给我用一下。”

然后，对着拿过来的帽子，哗哗地撒尿。

《史记》中的这段记载在前言里也提到过。

“儒”字，东汉的许慎（58—147）在《说文解字》中说：“柔也。术士之称。”清代的段玉裁（1735—1815）认为，雨冠下是“而”，表示下垂的胡须，经雨一淋，硬扎扎的乱胡子变得柔软了。

不过，金文里的“而”并不是胡须，而是一个人形，并且头顶像“一”字一样平，也就是没有戴帽子，可以推测指的是受刑的人或者从事某种特殊职业的人。白川静认为那是祈雨的巫祝。“需”有“求取”的意思，古人生活中最迫切的“求”当属久旱时的甘露吧。

儒的起源，似乎是以祈雨为代表的巫祝。他们自然是非常重视仪礼的，以至于被视为仪礼专家。

当时，儒家内部出现了一些追求细枝末节的流派，子夏就是其代表人物。对此孔子很担心，教导他要做君子儒，莫做小人儒。

> 樊迟问知。子曰：“务民之义，敬鬼神而远之，可谓知也。”问仁。曰：“仁者先难而后获，可谓仁矣。”

樊迟也是孔子的弟子，但不属于一点就通的那一类人。孔子出门常让弟子驾车。在与齐对阵的时候，樊迟发挥了很大作用，可见他极有力气。一次给孔子赶车的时候，他问了很多问题。

——聪明人是什么样子的呢？

——致力于人民的义，严肃恭敬地对待鬼神及信仰问题，但不过度接近，如此可以说得上是聪明。

——有德行的人是什么样的呢？

——有德行的人先做困难的事情，然后再讲报酬，这样可以说是仁德了。

樊迟小孔子三十六岁，年纪小，悟性也很一般，因此孔子好像也特意降低了答案的难度。

“敬远”一词，就是源于此，现在已经成了棒球用语[1]，无人不知。

> 子曰：“知者乐水，仁者乐山；知者动，仁者静。知者乐，仁者寿。”

“知者乐水，仁者乐山”这句话是当时的一句谚语。以

1　敬远，棒球比赛中投手为了避开与击球手的正面交锋，故意投四个坏球使对方出垒，叫作“敬远”。

此类推，知者好动，仁者好静。

水，时刻在动；山，永远静立，在我们的面前有动有静，聪明的人取其动，仁德的人取其静。孰优孰劣孔子并未评价，世上的人千差万别。

聪明的人以动为乐，仁厚的人没有烦忧，自然能够长寿。“寿”，在这里意为长寿。这句话充分反映出了孔子老年时期的人生观。

> 子见南子，子路不说。夫子矢之曰：“予所否者，天厌之！天厌之！”

南子是卫灵公的夫人，貌美而品行有缺。孔子当时五十六岁，离开鲁国辗转列国。南子要求见孔子，客人觐见那个国家的君主夫人是礼制，孔子依礼去见了南子。圣人孔子与美貌却不检点的南子会面，一时成为卫国的热门话题。性情急躁的子路一听说孔子去见了那个女人便很不高兴，气得腮帮子都鼓起来了。于是孔子发誓说道：“如果我做得不对，天厌弃我吧，天厌弃我吧。”“矢”，像笔直的箭一样发誓。如此重誓，可以想见当时子路的愤怒非同小可。

《论语》的读者也不禁好奇美女与圣人的会面，可惜书里没有记录当时的场面。不过《史记》里有所记载。细葛帐的后面，南子好像拜了两拜，环佩珠玉叮当作响。又载，卫灵公与南子并宦官同乘马车招摇过市，孔子坐在后面的车上。

当时男女关系相对自由，也许当时还有更不堪的流言，所以子路才会那般怒不可遏吧。

第七篇 述而篇

孔子曰："述而不作，信而好古，窃比于我老彭。"

《论语》的篇名，取自每章的开头。本篇开头是"述而不作"，所以称"述而篇"。

孔子所述，并非他自身创作，而是阐述前人的话语。

"相信并喜欢古来就有的东西，在我之前老彭是这样的，私下里我把自己和老彭相比。"

老彭，即彭祖，仕于殷，长寿，其他经历不详。《论语》中没加任何说明就让他直接登场，可见在当时他是认知度极高的人物。

根据这里的文脉，彭祖应当是"述而不作"的鼻祖。

也有人认为老彭指的是老子和彭子两个人。不过老子可是非常有独创性的，显然与此处语境不合。

子曰："甚矣吾衰也！久矣吾不复梦见周公！"

《论语》是孔子及其弟子的言行记录，内容大部分是对弟子的教导，或者是与诸侯及家臣们的对话。也有一些看不出是和谁说话，好像只是他一个人的自言自语。这一句也是孔子的述怀，也许是自言自语，也许是有谁在他身边，应当是他晚年的话语。

“我已经这么老了，以前经常能梦见理想的圣人周公，如今却很长时间没有梦到了。”

周公是周文王姬昌之子，武王姬发的弟弟姬旦，生卒年不详。既然是武王之弟，那么在周灭殷商的时候（前1100年前后）应当已经成年。是早于孔子六百多年的古人，想必是留下了什么画像，所以孔子才能梦到他。

在这里，孔子又非常明确地交代，自己不是创作者，只是述古者。那么，是谁开创了礼乐、制度呢？是孔子梦见的周公。但是最近竟然梦不到周公了，哎，真是老了啊！孔子不禁感慨。孔子，也是人之子。

不过19世纪末20世纪初，出现了新的学说，认为孔子才是开创者，认为他是借周公之名创制了制度及礼乐等。

清光绪二十三年（1897），一个叫康有为的人出版了一部叫《孔子改制考》的书，在学术界引起了巨大的震撼。书中说，自夏殷周，到尧舜等圣人天子，都不过是孔子的杜撰。为了他理想的新王朝，孔子以考证古制为名而改订制度。

当时的清廷要想存续下去唯有立宪，并且邻国日本已经维新改制成功，所以孕育了这样的论说。

《孔子改制考》出版的时候，在安阳发现了殷墟，大量甲骨文出土，证明古代并非孔子的杜撰，历史应当交由科学来考证。

子曰："志于道，据于德，依于仁，游于艺。"

这段文字很容易理解。不过，越是这样的文字，读法越容易有分歧，解释也会截然不同。

这应当是孔子理想的人生规划吧。首先有个大目标"道"，要志于此。

《论语》中这一句的前一句是："甚矣吾衰也！久矣吾不复梦见周公！"

周朝礼乐都是周公所制。由出土的甲骨文可知，在周以前的殷朝，凡事都要请求神的指示，所谓"神政"。周公对此进行改革，将以人为本的礼乐作为一切的根本。孔子将这位礼乐的制定者作为圣人敬仰，几乎每天都在梦中见到。但是，最近梦不到了，于是不禁慨叹："我真是老得厉害啊！"不管怎么说，周公时代比孔子早了六百来年，孔子梦中出现的会是怎样一位周公呢？

周公的伟业让孔子如此心醉，这里说的"道"，自然只能是周公之道。孔子时时挂在嘴边的"先王之道"，便是周公的作为。

志于先王之道，要以什么为依据呢？那便是“德”与“仁”。如此会得到什么呢？那便是一直以来梦寐以求的境界：悠悠游于艺。

有的版本在“志于道”之前加了一个“士”字做主语。“士”，指的是有教养的人，“士”的教养被称为“六艺”，指礼、乐、射、御、书、数六种技艺。

这里面包括礼仪、音乐、射箭、御车这样的体育活动，也包括书法艺术及算数。御，指的是御马，不过当时没有直接骑马的习惯，所以人御的是驾上马车的马。

士人以研习六艺为乐事。

> 子谓颜渊曰：“用之则行，舍之则藏，唯我与尔有是夫。”子路说：“子行三军则谁与？”子曰：“暴虎冯河，死而无悔者，吾不与也。必也临事而惧，好谋而成者也。”

孔子对他最得意的弟子颜渊说：“用我呢，我就全力以赴；不用我呢，我就抽身而退。虽说淡泊名利，但能做到如此毫无执念的，可能也只有我和你吧。”

和颜渊形成鲜明对照的是子路，他是行动先于思考的人物。孔子说要出海，他连有没有竹排都不考虑，马上就兴奋地跳了出来。看到孔子这么器重颜渊，他沉不住气了。都说文武两道，至少在“武”这方面，他自信绝对不会输给颜渊。于是他问道：“老师，如果带领三军作战，您会找谁一起呢？”他自认为孔门弟子中若论武力无人能出其右，对这一点，他很自负。他的这点儿心思，孔子自是洞若观火。孔子回答说：“那些赤手打虎，无舟便要渡黄河的人，我是不会找他们一起的。我愿意和谨慎而有危机意识、计划周全有可能成功的人一起共事。”老师的回答应当让子路非常失望，不过《论语》没有描写他接下来是不是无精打采了。

周制规定，一军一万二千五百人，三军就有三万七千五百人。“三军”也用于表示大规模的部队。正式的三军分为中军、左军、右军三部分。

暴虎、冯河，在《诗经》里都出现过，在孔子时代是行事鲁莽的代名词。

孔子曾和子路说过品格上的六种弊害（第十七篇《阳货篇》），子路的这种举动正应了孔子曾指点的“好勇不好学”之弊，即“乱”。

子不语怪力乱神。

这是《论语》中知名度很高的一句话，有两种读法：

（1）孔子不谈论怪力和乱神这两种东西；（2）孔子不谈论怪、力、乱、神这四种东西。现在一般取第二种解释。

不谈论，不等于不相信，只是尽可能地回避这个话题。

有些宗教家喜欢谈论超自然现象，孔子却不同，他不去谈论非常之力、非常之神。还有人认为，这里用“语”而不用“言”，是强调其态度之坚决，即使有人询问也不作答。

宋谢良佐（1050—1103）的解释最为简洁明了，他认为，圣人要言及的是常态而非“怪”，是德行而非“力”，是治世而非“乱”，是人类而非“神”。

需要一提的是，孔子应当只是在学堂里上课时不提及怪力乱神，日常会话中却可能多次提到。

子曰：“仁远乎哉？我欲仁，斯仁至矣。”

仁离我们很远吗？只要我心向仁，仁就在这里。

孔子无比热忱地宣扬仁，但弟子中有人因认为仁遥不可及而沮丧，于是晚年的孔子告诉他们，仁并非高不可攀，就在心向之处，于是有了这段如同参禅问答般的话。

第八篇 泰伯篇

子曰："泰伯其可谓至德也矣。三以天下让，民无得而称焉。"

孔子说："泰伯可以说是品德极高的人。三次把天下让给弟弟季历，谦让之法实在高明以至于都没人称赞他。"

照例篇头出现的泰伯成了这一篇的篇名。孔子热烈地崇敬周公，梦里都能见到。周的古公亶父有三个儿子，分别是泰伯、虞仲、季历。泰伯和虞仲知道古公亶父想传位给小儿子季历之子昌（文王），于是他们逃到长江下游的荆蛮之地，文身，断发，建立了吴国。

文王之子是消灭了殷商的武王，孔子无比崇敬的周公正是武王之弟。

称颂周公的孔子说出"至德"这样的话让人有些意外。关于尧舜传说等圣人禅让说，是在与墨家的理论斗争中吸收的墨家思想，虽然用"子曰"表明权威，但真实性值得怀疑。武内义雄[1]的学说尤其有名。

另外当时周还不是天下主宰，只是殷的诸侯，禅让天下的说法也不恰当，持这种观点的自古以来不乏其人。

曾子有疾，召门弟子曰："启予足，启予手。

1　武内义雄（1886—1966），日本哲学家，儒学等中国古代思想研究家。

《诗》云：‘战战兢兢，如临深渊，如履薄冰。’而今而后，吾知免夫！小子！”

曾子生病了。说是生病，其实是临终场景。叫来众弟子，曾子说：“展开我的脚看看，展开我的手看看。《诗》说：‘战战兢兢地如临深渊，如履薄冰。’怎么样，我的身体完好无伤吧？我快死了，从今以后再不必担心受到什么伤害。你们说，对不对？”

——身体发肤，受之父母，不敢损伤，孝之始也。

这是《孝经》记载的孔子的话，在《孝经》中以孔子与曾子的对话形式出现。不过这本书编撰成书是在《论语》之后，所以不知道当时这句话是不是已经很常用。

人有时会不小心损伤身体。我三四岁的时候脚背被锋利的竹制品扎伤，留下了伤疤。之后胆囊炎手术，也留下了伤疤。要不伤一丝一毫谈何容易，真的是如履薄冰。

古代刑法中有损伤人的身体或者刺青等刑罚。以孝道闻名的曾子临终前想到自己毫发无伤地度过一生，以后也不必担心有什么损伤，应当是深感欣慰吧。

不单在中国，很多地方都相信如果死时五体健全，那么魂魄会有归处，会有重生之日。否则就不能重生，所以不能埋到普通的坟墓里。

清代的“文字狱”，被以起草反清文书问罪的人大多数被判处死刑，全都是凌迟的极刑，也是为了使其不得重生。

> 曾子曰：“士不可以不弘毅，任重而道远。仁以为己任，不亦重乎？死而后已，不亦远乎？”

这里值得注意的是，之前提到的理想形象一直都是“君子”，这里变成了“士”。

曾子父子两代都是孔门弟子，之间自然经历了世代交替。当然一般情况下曾子将“君子”作为自己的理想，不过偶尔也会变成“士”。有解释说做了官的知识分子就是“士”。孔子门人做官的渐渐多了，较之“君子”这种笼统的说法，“士”的使用次数也随之增加了。

日本表示身份的词有士、农、工、商等。中国春秋战国时期的身份制度有卿、大夫、士、庶人。孔子在《论语》中提到的士，给人的感觉还是与“君子”比较接近，是有责任有地位的人。

“弘毅”，指的是心胸开阔、志向坚定。

“任重道远”是德川家康遗训“人生如负重远行”[1]的出

1　日语原文：人の一生は重荷を負うて遠き道を行くがごとし。

处。“死而后已”也常被引用。

子曰：“兴于诗，立于礼，成于乐。”

这里孔子说的是完成一个人教养的过程。

首先是“兴于诗”。“诗”(《诗经》)据说是孔子整理的古代民歌集，将什么都归为孔子的业绩是儒家的一个不太好的习惯，孔子自己并没说过。

孔子教授弟子们的“诗”，知道篇名的有三百一十一首，留下文字的有三百零五篇。《论语》第二篇《为政篇》中有：

《诗》三百，一言以蔽之，曰：“思无邪。”

三百是个概数。诗虽然很多，但若用一句话来概括的话，就是心无杂念。宋代以后《诗》被视作经典，最早的《诗》开始被称作《诗经》。

读《诗经》而振奋是教养的第一步，但只有振奋还不够，必须让高涨的情绪冷静下来并加以整理，那就是“立于礼”。

然后，人格的完成便是“成于乐”，就是在绝妙的音乐中完成教养。孔子视音乐为教养的基本，可以说是音乐至上主义者。

子曰："民可使由之，不可使知之。"

有人把这句话作为儒教政治思想封建性的证据来看，不过是少数派。

《三国志》中家喻户晓的何晏在古注（《论语集解》）中解释说："能让百姓服从，但想让他们清楚地明白理由却很难。"朱子的注释也是慨叹这种困难。

也有这样的解释：比如建了一所学校，可以让老百姓用，但不能刻意卖人情强调说是上面为他们做的。这是日本的伊藤仁斋的观点。

子曰："禹吾无间然矣。菲饮食，而至孝乎鬼神；恶衣服，而致美乎黻冕；卑宫室，而尽力乎沟洫。禹，吾无间然矣。"

孔子说："对于禹，我找不到他的不是。自己饮食很简单，却盛大地举行祖先祭祀。穿得很朴素，却把祭礼用的祭服做得很华美。住得很简陋，却尽心尽力修建灌溉用的水渠。再说一遍，对于禹，我找不出他的不是。"

以上是大意。相对于对周公的赞美，孔子在这里比较低调。“无间然”，只是不批评，没说称颂。

禹被看作夏王朝的始祖，大概是一个神话人物。可能是因为儒家把周公作为理想的君主来赞美，于是对立势力墨家找出了更古老的禹。《书经》的《禹贡》（《书经》中记载地理、物产的篇名）也是后世假托之作。

孔子称赞这样的禹无可挑剔很不自然，内藤湖南[1]也认为这段很可能是后世添加进去的。这不禁让人联想到日本的出云神话[2]。奈良与出云相距遥远，周（陕西）与禹陵相距迢迢，一个“远”似乎在暗示神话背景的微妙。

---

1 内藤湖南（1866—1934），名虎次郎，字炳卿，号湖南，别号黑头尊者，日本的东洋史学者。

2 出云神话，以日本岛根县出云地区为背景的古代神话总称。

第九篇　子罕篇

子罕言利。与命，与仁。

这是日本荻生徂徕的读法。

孔子极少谈论功利，谈论到的时候也必定是和命运或者仁义的话题有关。

谈论命运时牵涉到利，即无论如何汲汲于利，却未必都能如愿，命运使然，不必过于执着。谈论仁义的时候牵涉到利，是说不可以为了追求利益而违背仁义。

在这之前一般的读法是这样的：子罕言利与命与仁。

按照这种读法，便是孔子很少谈论利、命和仁。孔子极少说到“利”，这一点《论语》的读者都知道，但是“命”和“仁”孔子却常常提到。

“命”算不上非常普遍的话题，但是竟出现了六次。

《论语·尧曰篇》最后一句是：

子曰：“不知命，无以为君子也；……”

伯牛病重，孔子去看他的时候慨叹道：“命矣夫。”

心中万语千言，但却就此打住，在孔子算是不多见的情况。

至于“仁”，《论语》中更是随处可见，不计其数，不过在孔子看来还远远不够。

荻生徂徕的读法颇有见地，不过一直以来的解释也不能完全摒弃。

> 大宰问于子贡曰："夫子圣者与？何其多能也？"子贡曰："固天纵之将圣，又多能也。"子闻之曰："大宰知我乎？吾少也贱，故多能鄙事。君子多乎哉？不多也。"牢曰："子云，'吾不试，故艺。'"

大宰问子贡："孔夫子是圣人吧？为什么能这样多才多艺呢？"子贡回答："夫子是天生的圣人，上天又赋予他多才多艺。"孔子听说后说："大宰真是了解我啊。我年轻时家贫，不得已学了很多雕虫小技。君子能会这些技能吗？不会的。"牢（孔子弟子，姓琴）说："夫子是说他不得用于世，所以才学了各种技艺。"

有种错误的看法以为多才多艺才是圣人，其实不然。孔子说自己之所以多才多艺，是因为年轻时穷苦，琐碎的事情也必须亲自去做。"圣"与"多才"是不同层面的。当然也有像孔子这样多才的圣人，不过却是极个别的。孔子自己也说"君子多乎哉？不多也"。

最后一节"牢曰"，可能是听了孔子对子贡与大宰的对话的评论，在一旁的牢加的，重要的话要特别强调。弟子牢的发言，《论语》里只有这一段。

> 子曰：“凤鸟不至，河不出图，吾已矣夫！”

圣明天子出现的时候会有瑞兆，会有凤凰飞来，黄河会出现背负八卦图的龙马图案。《易经》中说：“河出图，洛出书，圣人则之。”

古人非常相信这种预兆。

虽然说“不语怪力乱神”，孔子也确实不说，但并非不信。

既然没有祥瑞出现，说明近期不会有圣君，天下太平的盛世也遥遥不可期。于是孔子不由得近乎绝望地感叹：“我这一生怕是没有希望了吧！”

西汉时期还有一种解读，认为孔子本想自己加深修养成为一代圣君开创太平盛世，可惜天无吉兆，只能遗憾慨叹。不过，还是解读成孔子为未逢圣君盛世而遗憾更稳妥。第五篇《公冶长篇》中孔子说：“道不行，乘桴浮于海。”可见晚年的孔子似乎非常悲观。

《子罕篇》中也有和“道不行，乘桴浮于海”类似的话，只是明确说出了九夷这个目的地。

> 子欲居九夷。或曰：“陋，如之何？”子曰：“君

子居之，何陋之有？”

“九夷”指的是东夷诸国，皇侃在《论语义疏》中列举了九夷之名，其中第八个是“倭”。

孔子居住的鲁国，虽然国主是姬氏，不过有名无实，实权掌控在季氏手中。孔子时期，季氏的家臣阳虎纵权坏国。

鲁国政治如此混乱，孔子不禁有了避走远方的想法。对于当时很有声望的孔子，阳虎也想加以利用并想方设法接近。这里的某人，有一种看法认为指的是阳虎。孔子说他要搬到九夷去，那个人说那里太僻陋了，于是孔子又说，如果有君子住在那里自然会感化周围，不必担心。这也许是拒绝阳虎的场面。

世上也有人将孔子神话，说因为九夷还没有推行道，所以孔子要去那里传播道。当然这只是少数看法。

子疾病，子路使门人为臣。病间曰：“久矣哉，由之行诈也！无臣而为有臣，吾谁欺？欺天乎！且予与其死于臣之手也，无宁死于二三子之手乎！且予纵不得大葬，予死于道路乎？”

孔子曾经病重，子路让门人充当家臣准备后事。

家臣，或者家人，指的是身份低微近似奴隶一样的人。

汉景帝时（？—前141），皇太后询问她喜欢的黄老之术，儒者辕固生说“此家人言耳”，引得皇太后大怒，命人将他扔到野猪圈里。这件事在前面也提到过，这里的家臣应当指的是做家务的奴隶。

当时的习惯，葬礼时的杂务都应当由家臣来做。孔子没有那样的家臣，子路考虑到体面，让自己的门人去做家臣。

幸运的是孔子性命无忧了。这时他得知了子路的所作所为。按当时规制，大夫可有家臣。孔子虽曾做过大夫，但已经辞职。做大夫时按规定应当有家臣，辞职后自然没有了。不过在他大病渐愈后发现有些像家臣一样的人在照料他，这太不寻常了。

子路名由，是一个行动派。孔子曾说如果道不得行他将泛舟海上，会有子路和他一起，子路听了很高兴。子路虽然积极，但不免思虑不周，那个时候他就未曾考虑要如何准备木筏。

孔子病重时，本没有家臣，子路却要做出有家臣的样子。这是子路的惯病，也令孔子非常不舒服，“久矣哉，由之行诈也！”

孔子说与其由家臣料理后事，不如由弟子料理后事。即使没有隆重的葬礼，应当也不至于死在道边吧。我的葬礼这样就足够了——虽然病情有所好转，孔子还是这样交代了后事。

> 子曰："出则事公卿，入则事父兄，丧事不敢不勉，不为酒困，何有于我哉？"

孔子的私塾是为各地卿大夫培养人才的预备学校。由于儒是礼仪方面的专家，所以没有就职的人经常会被叫去给葬礼帮忙，谢礼成为他们主要的收入来源。

葬礼的事情不能有半点儿马虎，要全力去做。葬礼后会招待吃酒，千万不能喝多。我年轻时也经常在葬礼上帮忙，只要小心谨慎就没有什么问题。——孔子这样教育学生们。

儒家的竞争对手墨家曾经非常尖锐地讽刺过儒家这种职业，说"儒家弟子只要有死人就能在葬礼上赚一笔，就会很开心"。好像确实有这种倾向。

中国的战国末期（公元前3世纪），思想界儒墨两家平分秋色。

墨子（前470？一前390？）主张"兼爱"，提倡"非攻""简葬"。

儒墨两家为了扩大自己学说的影响力都全力以赴。有"孔席不暖，墨突不黔"的说法。为了发扬自家学说，孔子和墨子奔走天下，孔子的席子还没坐暖和，墨子家的烟筒还没熏黑，他们就又要走了。可以想见两派都竭尽全力。

如果简葬成为主流，那么儒家重视的礼乐怎么办呢？同时墨家还主张“非乐”，即废止音乐。这与将音乐置于教养顶端的孔子的观点格格不入。

孔子在世时，尚是百家争鸣时代，儒家还没成为中国的主导思想，与墨家、法家思想混争。《论语》中常常流露出的紧迫感，应当与当时的思想论争不无关系。

子在川上曰：“逝者如斯夫！不舍昼夜。”

这是孔子晚年在河边的感叹。时光流逝就同这河水一样，昼夜不息。这一千古名句，被称为“川上之叹”。

也有人将“逝者”解释为不断前行的事物。人生也应该像河水一样不断前行，是对自己的激励，而非慨叹。

子曰：“后生可畏，焉知来者之不如今也？四十五十而无闻焉，斯亦不足畏也已。”

先出生的是“先生”，后出生的是“后生”。应敬畏后辈，他们极有可能超越前辈。已经四五十岁了还默默无名的人反倒不值得期待。

孔子门下好像也有安于论资排辈而不思进取的人，这句话应该是对他们的警告。也有人说这里的后生指的是颜回。

子曰："三军可夺帅也，匹夫不可夺志也。"

前面提过，三军是周制大国常备军。根据国家大小，有的有两军，小国只有一军，天子有六军。白居易（772—846）的《长恨歌》中，唐玄宗盛宠杨贵妃，招致安史之乱，都城陷落，这时有句"六军不发无奈何"，那是天了军队，所以是六军，三军已经算是大部队了。

汉语里从一到十这十个数字，只有"三"是平声，其他都是仄声。文字或平或仄，作诗时尤受重视。这也是诗歌中"三"字频频出现的原因吧。

即使是这样大军的统帅，也可能被擒拿而丢失指挥权，但是即使一个身份低微的人，谁也无法强迫他放弃自己的主张。

"匹夫"指的是身份卑微的男子，第十四篇《宪问篇》里有"匹夫匹妇"的说法，说的是身为平民的一男一女。身份高贵的人会有几房侧室，成不了匹夫匹妇。

匹夫不可夺志，这种观点充满现代气息。

第十篇 乡党篇

孔子于乡党，恂恂如也，似不能言。其在宗庙朝廷，便便言，唯谨尔。

《论语》共二十篇，如果分成前后两部分，《乡党篇》是第十篇，是前半部分的最后一篇。还有一种说法是《论语》本来总共十篇，那么《乡党篇》便是最后一篇。另有人考证汉朝时的《论语》，认为《乡党篇》是继《学而篇》之后的第二篇。不论从哪个角度看，《乡党篇》都是比较特别的一篇。

在此篇之前，《论语》主要以抽象的训诫为主，本篇《乡党篇》是孔子的实践记录。食物应该怎么切，坐席应该怎么坐，药应该怎么接，衣服有什么规定，等等，都写得非常详尽。喜欢考证的读者还好，否则其中的很多叙述难免会让人感觉索然无味。

从行政区划来看，乡是一万二千五百户，党是五百户。“乡党”是一个模糊的地理概念，如果是孔子做官的时候，那么指的应当是返回私宅以后。

孔子在家乡时说话温顺恭谨，言语不多，好像有语言障碍一样。但是到了宗庙朝廷，参加仪式或者讨论时侃侃而谈，只是非常严谨。

篇头主语是孔子，但不知道这里礼的实践者是否都是孔子本人。

> 问人于他邦，再拜而送之。康子馈药，拜而受之。曰："丘未达，不敢尝。"

这句出现了孔子的名字"丘"，主语无疑是孔子。

孔子派使者去拜访其他国家的朋友时，拜了两拜才送那个使者出发。这表达了对使者和友人双方的敬意。康子指的是鲁国的季康子，袭其父季桓子之位，孔子对他评价一般。他给孔子送药来了，孔子拜受之后是这样说的："这种药的药性我不了解，我不用。"

来探望病情，还带着药，算不上稳妥。万一是毒药呢？如果平白无故地被怀疑，送药的人岂不无辜？这时接收方应当说："还不了解药性，不敢尝。"这是规矩，即"礼"，依礼接受，依礼不尝。实际上接下药后会有办法检查吧，总之依礼行事是不会错的。这是自古以来的解释，不过朱子不是这么看的，朱子学大大赞誉孔子的率性直言。孔子辅助的是季康子，孔子对顶头上司直言不讳——也只有朱子会持有这种观点。

《乡党篇》算是礼的教科书。生病时有人送药该怎么办？送的人，收的人，应当都有所顾虑。该怎么办呢？首先收下，然后和对方说自己还不通药性而先不试服，有这样的礼法可依的话就好了。

葬礼时，族里的女人都是要哭的。要大声哭，有腔有调地哭。因为每个人与死者的关系不同，有的人非常伤心，有的人交往不多不是特别伤心，甚至可能还有人与死者有过过节而幸灾乐祸的。

我曾经耳闻目睹过几次这样的哭礼，比较熟悉那种气氛。

每个人性格不同，有的人不善于表达自己的哀伤，也有的人本不悲伤却声泪俱下感天动地。

明确了哭礼的具体形式，对不善表达的人来说可是帮了大忙，只要和大家一起随着腔调就可以了。人数不够的时候有时还要去请专业哭丧的女人，她们与故人没有任何关系，甚至连面都没有见过。这也许是礼堕落最严重的例子吧。

厩焚。子退朝曰："伤人乎？"不问马。

单口相声里有一出《马厩起火》，就是从《论语》中的这一段落发展而来的。

孔子上朝不在家的时候马厩失火了，回来后孔子问："伤到人了吗？"却不问马的情况。

孔子应当也爱惜他的马匹，但最重要的还是人，所以他只问人不问马。这充分反映出孔子“以人为本”的思想观点。

那么马就是无所谓的吗？也许会有人这样不满地提问。前面谈“六艺”时提到，当时直接骑马是夷狄的习惯，驾驭马车才是士人们的修养。即便如此，与马之间产生亲密的感情不也应是士人修养人格的体（表）现吗？

中国的古文书写的时候本没有句读，从师学习时才加上句读。在没有纸张的时代，字是写或刻在木简竹简上的，刻写的人被称为刀笔吏，做的是体力活，所以尽可能写得简洁。孔子的这句“伤人乎不问马”，也可以断成“伤人乎不，问马”，这样意思就变成问完是否有人受伤后问马，表示孔子也在意马的情况。唐朝作品中有这样的引用。当然这是少数派，把这一篇理解为对孔子人本主义的赞扬更合适吧。

相声《马厩起火》中，开美发店的妻子听了孔子的这个故事后，想试试丈夫是不是真的在意她，于是故意摔碎了丈夫珍藏的陶器。听到咔嚓一声响，丈夫急急忙忙奔到妻子跟前——可见到底是妻子比陶器更重要，妻子不禁感动得热泪盈眶，这时丈夫说：“万一你有什么闪失，我就没法像现在这样逍遥度日了。”这个原因的道出是这个相声的精华所在。梳发店的男人自古以来就以吃软饭闻名。

《论语》甚至被这样搬到相声里，可见其深受日本老百姓的喜爱。

> 寝不尸，居不容。见齐衰者，虽狎必变。见冕者与瞽者，虽亵必以貌。凶服者式之。式负版者。有盛馔，必变色而作。迅雷风烈必变。

前面已经说过，《乡党篇》的内容不是训诫，多为孔子的行动记录，说实话，都比较枯燥，这一段也不例外，请您耐下心来读吧。

孔子甚至连应该如何睡觉都记载下来了。“尸”，即尸体，说的是不能像尸体那样手脚伸展得笔直，可能是应当腿稍微弯曲侧卧吧。另外，在家时不摆出很严肃的面孔。有的版本中，“容”写作“客”，意为不像做客那样表情拘谨生疏，也是不摆严肃面孔的意思。

“齐衰者”，指的是穿着丧服的人。见到穿丧服的人，不管平时多么熟悉，都要郑重对待。看见穿着礼服的人或者盲人，即使关系亲近也要态度庄重。

“凶服”，指的也是丧服，不过没有“齐衰”郑重。“齐衰”是用麻做的，不缝边儿，是死者的直系亲属穿的，我少年时参加祖父的葬礼时也穿过。非直系亲属，或者虽是直系但是葬礼过了一段时间了，穿的就是凶服。见到这样穿凶服的人要行“式”礼。

当时，人们乘车时站在马车车厢里，手一般搭在车厢上称“较”的横木框上。“较”的下面还有一根横木，称“式”，如果见到需要表达敬意的人，需要身体微躬，手从“较”移到“式”上，以表达敬意，这就是式礼。

对“负版者”也要行式礼。背着户籍簿的人是在为国家工作，所以也要向他们致以敬意。这也是定论。

看到丰盛的菜肴，要神色郑重起身致谢。雷与大风都是天意的表露，也要郑重对待。

《乡党篇》极少训诫，有人说可以跳过不看。即使不出现孔子这个主语，这一章描述的也都是孔子的日常举止。“迅雷风烈必变”等句极有深意。

第十一篇　先进篇

子曰："先进于礼乐，野人也；后进于礼乐，君子也。如用之，则吾从先进。"[1]

这篇是《论语》后半部的第一篇。与前十篇相比成书较晚。孔子逝后，年轻的弟子们根据回忆将先师的话语整理汇集起来，形成《论语》的框架，成为私塾里学习礼乐的教科书。孔子逝后大约百年，出现了《论语》的雏形，当然当时还没有纸张，所以都是写在竹简或木简上的。

先进与后进，即前辈与后辈。先进，指的是前人的礼乐，朴素无华；后进，指的是后人的礼乐，精练高雅。孔子说："如果要选其一的话，我会选择前者。"

先进是一种比较含糊的说法，一般认为指的是周朝兴盛之时的人，而后进指的是徒存其名的周朝末年的人。

还有一种更具体的分法，认为公元前497年孔子自鲁国流亡之前入门的弟子——颜回、子路、子贡和冉有等为先进，流亡后入门的弟子——子游、子夏、子张、曾子和有若等为后进。

前者是在几百年的时段里划分的先后，后者是在孔子一

1　此处陈文的日语注释可译为：前辈的礼乐，粗犷质朴；后辈的礼乐，精练文雅。若选其一，我当选前者。

生区区数十年内划分的先后。前者的主角是几百年的时间，后者的主角是有名有貌的数人。我建议大家按两种不同的分类来理解这一篇。

清代刘宝楠还提出另一种解读方式：先进于礼乐者野人也；后进于礼乐者君子也。先学习礼乐而后做官的是普通无名之人，先有了官位而后学习礼乐的是卿大夫的子弟。

这里的野人指的是无名之人，他们为了做官先学习礼乐。这里的君子指的是世袭职位的特权阶级，他们做了官以后学习礼乐。

想到那些辛苦求职的弟子，孔子说："我会选择先学习礼乐的弟子。"

> 子曰："从我于陈蔡者，皆不及门也。德行：颜渊，闵子骞，冉伯牛，仲弓。言语：宰我，子贡。政事：冉有，季路。文学：子游，子夏。"

本篇孔子对弟子的评价较多。

孔门四科，即在孔子的私塾里必须学习的科目，分为德行、言语、政治和文学。这里提到的十人，被称为孔门十哲，是孔门弟子中尤为优秀的十人。

这一章原来分为两部分，朱子认为应当合为一章，这里采纳朱子观点。

前半部分，孔子回忆当初和他一起颠沛流亡到陈国、蔡国的弟子“皆不及门也”。关于“皆不及门也”有各种解释，这里我们先来说一说为什么孔子在陈国和蔡国特别辛苦。

公元前497年，孔子与弟子们离开母国开启了十三年的流亡之旅。在祖国鲁国，孔子从下级职位做起，五十五岁时升任宰相代理。但鲁国是少数贵族掌权的寡头政治，孔子希望由鲁君施行德政的政治理想难以实现。最后，他在政治斗争中落败，离开母国而游说诸国，希望实现自己的政治理想，但最终以失败告终，又回到鲁国，以后致力于弟子们的教育。

流浪之旅充满艰辛，尤其是接近尾声时，在陈国和蔡国之间吃尽苦头。由于小国之间的矛盾，他们一度很难得到食物。“在陈绝粮”（第十五篇《卫灵公篇》），甚至有七天没有饭吃。

当时跟随孔子的人“皆不及门也”，这里是感慨这些学生流浪十三年，没有就业机会，无法施展抱负。

接下来提到了孔门十哲。

四科之首德行方面最出色的，毋庸置疑是颜渊，另有闵子骞、冉伯牛、仲弓等。接下来语言方面，是宰我、子贡两人。政治方面有冉有、季路。文学方面是子游和子夏。这里说的“文学”比我们现在一般说的“文学”要宽泛。

孔子提到的十人里没有曾参、有若、子夏，虽然他们也足够优秀，但没有陪伴孔子一起流亡，所以说朱子的话是有道理的，这两句应当是一章。并且提到这十个人时，孔子用的都是他们的字。颜渊本名回，子贡名赐，季路名由。都使用字不免给人一种特殊的感觉，可见对“从我于陈蔡者”孔子是怀念的，格外亲近的。

> 颜渊死。子曰：“噫！天丧予！天丧予！”

在众多弟子中孔子尤为寄予厚望的是颜渊。颜渊的父亲颜路也是孔门弟子，父子两代都师从孔子。对颜渊的早逝孔子极其悲伤。“天丧予！”是最悲痛的表现。

> 颜渊死，门人欲厚葬之。子曰：“不可。”门人厚葬之。子曰：“回也视予犹父也，予不得视犹子也。非我也，夫二三子也！”

以“颜渊死”开头的章节，《先进篇》中就有四章，下一篇的篇名即为“颜渊篇”。

门人们想要厚葬颜渊，孔子反对。不过门人们还是厚葬了颜渊。

于是孔子说："颜回把我当父亲一样看待，我却不能像对待儿子一样地对待他。都是那几个人任性而为啊。"

似乎那些人认为孔子如此厚爱颜渊，虽然嘴上反对，但内心是希望厚葬颜渊的。孔子的门人应当不会有这种误解，所以有人认为这里的"门人"指的是颜渊的门人。

之所以不想大肆操办，孔子有他的理由。颜渊死时，其父颜路还在。佛教将其称为"逆缘"，儒教称为"逆祀"。父亲祭奠儿子，当然不可以太过盛大。

弟子们不顾孔子的心情，举行了盛大的葬礼，这当然不是孔子的本意。他是坚持"礼"的，弟子们的做法令他很不满。

本来只想尽心为颜渊操办适合其身份的葬礼，却被混进了虚礼。孔子怒气难消，不由得急辩"非我也"，都是好排场的那几个家伙干的。

季路问事鬼神。子曰："未能事人，焉能事鬼?"曰："敢问死。"曰："未知生，焉知死？"

"事"，即服事。"鬼神"，指的是故去的人，并不是我们常说的头上长角的鬼怪[1]。季路，孔子弟子，也叫子路或者由。

季路向孔子请教应当如何服事先祖魂灵，孔子回答："活着的人还不能服事，怎么能服事死人呢？"接着季路问死是怎么一回事，孔子回答："还不明白什么是生，怎么能知道什么是死？"

这里孔子阐述了他的生死观，这句话非常有名，被无数人引用。常说孔子因人施教，那么子路是什么样的人呢？

子路出身草莽，精力充沛。第五篇《公冶长篇》有这样一段很有名的话：

> 子曰："道不行，乘桴游于海。从我者，其由与？"子路闻之喜。子曰："由也好勇过我，无所取材。"

子路生性鲁莽，想要与先生泛舟于海，却考虑不到木筏怎么做。另外第九篇《子罕篇》中孔子也流露出因为无法推行"道"而想离开的想法。

> 子曰："由之瑟，奚为于丘之门。"门人不敬子

---

1 日语中"鬼"的形象一般是头上有两角。

路。子曰："由也升堂矣，未入于室也。"

孔子说："由为什么在我这里弹瑟呢？"瑟是一种乐器，演奏方法已经失传，传说是帝王伏羲制作的一种大琴，有五十根弦，因为琴音过于悲伤，伏羲将其摔成两半变成二十五根弦。有成语"琴瑟和鸣"，形容夫妻和美。也许正是由于琴弦太多而演奏困难，所以这种乐器没能流传下来吧。

就是这样一种乐器，算不上心灵手巧的子路跑到孔子门前弹奏，令孔子着实头疼。孔子不由得抱怨道："子路啊，你为什么非要跑到我这里来弹瑟呢？"在音乐方面的造诣，孔子可是无人能及的。第七篇《述而篇》中有这样的记述。

子在齐闻《韶》，三月不知肉味。曰："不图为乐至于斯也。"

公元前571年，鲁庄公亡命，孔子随之来到齐国。当时孔子三十六岁，在那儿一待就是数年。其间，听到了圣王舜所作的韶乐，欣喜之极，竟然三个月尝不出肉味，于是感慨："没想到音乐可以如此深奥。"

当时韶乐还没有传到鲁国，因此孔子到了齐国才第一次听到。韶乐为什么会传到齐国呢？因为舜的后裔陈姓一族亡命到了齐国。

孔子如此喜欢音乐，对子路的瑟不忍耳闻，于是发了几句牢骚，却被门人听到，于是大家对子路的看法就不太好了。孔子发现了这一点，出来解释道：“子路虽然弹得很一般，不过精神可嘉。他可以进我的家门，但是还没到能进内屋受教的程度。”子路面子上总算有了一点儿光彩。这是孔门内部的一件事，孔子的人品可见一斑。

> 季氏富于周公，而求也为之聚敛而附益之。子曰：“非吾徒也。小子鸣鼓而攻之，可也。”

季氏比周公还富。季氏是鲁国的大夫，鲁君算是周公的家臣。周公是天子，季氏只是臣下之臣，但是，季氏更富有。

当时对周公的称呼有各种说法，大致相当于日本的太政大臣吧。但是他比臣下之臣的季氏贫穷。

孔门弟子冉求辅佐季氏。季氏行为有僭越，孔子本就看不顺眼，常常将对季氏的不满发泄到冉求身上，冉求就是一个出气筒。

既然辅佐季氏，冉求自然要为季氏谋求利益。“聚敛”指的是征税。“附益”，指的是比规定多征税，也许比规定多收十分之一的税。

“非吾徒也”，这句批评得相当尖锐，然后对着“小子”，即弟子们说：“你们，尽可以大张旗鼓地去攻击他。”

简直就是在振臂高呼鼓动战争，敲起鼓排起队瞄准目标，在孔子算是煽情到极致了。

孟武伯曾向孔子询问其弟子们的品性，第五篇《公冶长篇》中记载了孔子的回答。

> “求也何如？”子曰：“求也，千室之邑，百乘之家，可使为之宰也，不知其仁也。”

“求怎么样呢？”

“千户人口的私邑，百辆马车的大夫之家，可以让他做总管。至于他是否仁德，我不清楚。”

当时，孟武伯还向孔子打听子路，孔子说子路可以做千乘之国的长官。“百乘”与“千乘”差距很大。不过对两个人是否仁德的评价是相同的：“不清楚他是否仁德。”

除了子路和冉求，孟武伯还打听了公西仁。公西仁年轻而有教养，谦逊而彬彬有礼。孔子说他：“束带立于朝，可与宾客言也。”意思是说他风度优雅适合做外交官，同样也“不知其仁也”。

第十二篇　颜渊篇

颜渊问仁。子曰："克己复礼为仁。一日克己复礼，天下归仁焉。为仁由己，而由人乎哉？"颜渊曰："请问其目。"子曰："非礼勿视，非礼勿听，非礼勿言，非礼勿动。"颜渊曰："回虽不敏，请事斯语矣。"

较之前半部分，《论语》的后半部分比较抽象。

孔子回答颜渊，"克己复礼"为仁。克制自己，言行合于礼制。"己"指的是私利私欲，礼制即孔子塾里时时刻刻传授的内容。

"克己复礼"这句话非常有名，以至于没有人对其出处提出质疑，顺理成章地看作孔子的话语。不过，《春秋左氏传》记载："古也有志，克己复礼。"并且说这句话的正是孔子本人[1]，似乎是以前有人这样对孔子说过。孔子自称"述而不作"，他最擅长的是阐述前人观点。

一旦做到"克己复礼"，天下的人都会追崇"仁"。"仁"由自己的内心决定，不以他人而改变。

到这里为止是孔子的话，接下来颜渊说："请问其目。"

"请问"，现代汉语中也频繁使用。"目"，指的是细

1 《左传·昭公十二年》，仲尼曰："古也有志，克己复礼，仁也。"

密，这里颜渊说："请说得再详细一些。"

于是孔子回答："不合礼制的，不要看，不要听，不要说，不要做。"

听完孔子的话，颜渊说："我虽然比较愚笨，但会认真按照您说的去做。"

> 仲弓问仁。子曰："出门如见大宾，使民如承大祭。己所不欲，勿施于人。在邦无怨，在家无怨。"仲弓曰："雍虽不敏，请事斯语矣。"

一个叫仲弓的人向孔子请教"仁"。仲弓姓冉，名雍，是孔门十哲之一，以德行见长，出身似乎不太好。从第六篇《雍也篇》中孔子下面的这句话也可以看出。

> 子谓仲弓，曰："犁牛之子骍且角，虽欲勿用，山川其舍诸？"

对于牛来说，能成为祭祀山水之神的祭品是非常荣誉的事情——人类一厢情愿的想法，因此要专门饲养血统好的牛以备祭祀。不够的时候，也会从耕牛中挑选优秀的。那些长着红色的毛、整齐的角的，即使是耕牛，山川之神也不会舍弃它们。

孔子对仲弓说这些话，大概是因为他的出身不太好。朱子特别补充道，这一段话孔子不是专门对仲弓说的，而是和别人提到仲弓时所说。

拥有如此出身背景的仲弓向孔子请教仁，孔子回答：“出门要像去接待贵宾一样保持紧张感，役使百姓要像举行大型祭典那样郑重，自己不喜欢的事物也不能强加给他人。这样，无论在外还是在家都不会被怨恨。”

听了这些话，仲弓说：“我虽然愚笨，但会一直按照您的话去做。”

一般认为“己所不欲，勿施于人”出自孔子的这段话，不过事实如何呢？我们认为孔子是“述而不作”的。第十五篇《卫灵公篇》中出现过相同的话，第五篇《公冶长篇》中也有类似的话，出自子贡之口，不过，孔子说子贡还未达到那种境界。另外《管子》中也有类似记述。

司马牛忧曰：“人皆有兄弟，我独亡。”子夏曰：“商闻之矣，死生有命，富贵在天。君子敬而无失，与人恭而有礼，四海之内，皆兄弟也——君子何患乎无兄弟也？”

司马牛是孔子晚期弟子，《史记·仲尼弟子列传》中以司马耕的名字出现。《论语》中包括这一篇他共出现了三次，第一次向孔子问仁，第二次向孔子问君子，这里是第三次问答，对方是同门弟子子夏。

司马牛慨叹："别人都有兄弟，唯独我没有。"其实司马牛有一个哥哥，名叫司马桓魋，曾是宋国贵族，但因背叛主君流亡他国，虽然有也和没有一样，所以他说自己没有兄弟。

对此，子夏说："我听说是这样的，生死命定，富贵天定。君子虔诚恭敬没有差错，待人以礼，天下之大都是兄弟，何必担心没有兄弟呢？"

曾经，孔子一行在树下演习礼乐，司马牛的兄长桓魋砍倒了大树并想杀害他们。

《史记》评价司马牛的话极多，这也许和他身为宋国贵族不知惧怕有关。

"四海之内皆兄弟"，子夏的这句话现在被用于和解各种矛盾冲突。

《论语》中没提到司马牛是恶人桓魋的弟弟，也有人认为《春秋左氏传》中的司马牛和《论语》中的司马牛只是重名，并不是一个人，日本的伊藤仁斋持这种观点。

子贡问政。子曰："足食，足兵，足信之矣。"

子贡曰："必不得已而去，于斯三者何先？"曰："去兵。"子贡曰："必不得已而去，于斯二者何先？"曰："去食。自古皆有死，民无信不立。"

子贡请教政治要诀，孔子回答："要储备足够的粮食，充足的军备，得到百姓足够的信任。"子贡问："如果不得已要三者割爱其一的话，该舍弃哪一个呢？"孔子回答："军备。""剩下的两者如果无论如何要舍弃一个的话，应该是哪一个呢？"子贡又问。孔子回答："粮食。没有粮食就没有活路，自古以来人都会死，但是如果失去了百姓的信任将无以立国。"

孔子因人施教，子贡是从政之人，对子贡的回答亦应是孔子深思熟虑后的施政精华。

鲁国大夫季康子曾问孔子他的三个弟子是否有政治才能，这三个人分别是子路、子贡和冉求。孔子回答三人都有：子路果断，子贡洞察，冉求多能。大概最初子贡就有心从政，后来心愿得偿，成为了一名外交官并大显身手。

子贡在《论语》之外的文献中也出现过。作为鲁国的外交官，他同来自南面的吴国进行交涉。《春秋左氏传》中记载了哀公七年（前488）和十二年（前483）子贡与吴王夫差的两次见面。《史记》记载，鲁国势弱，为了避免被齐国进攻，将齐国的注意力引向吴国，子贡游说齐、吴、越、晋四国。孔子对他的评价是“达”，即通达透彻。他是非常优秀的外交官，作为实业家也是难得的人才。孔子率众多弟子奔走列国需要一大笔开销，估计是子贡提供的。子贡可以说是孔子这个团体的资金赞助人。

子贡是一个大富豪。这一点《论语》里没有明确记载，《礼记》中有文献记载。某一年，子贡去观看一种叫“腊”的活动。那时“腊”也写作“蜡”。当时春秋的“社日”和年末的“蜡”是平民百姓最开心的日子。社日是祭祀土地神的日子，春季的社日祈祷五谷丰登，秋季的社日感谢神赐收获。周时一社是二十五家，春秋的社日是一社之内的小范围活动。与之相比，蜡是范围更广泛形式更自由的庆祝活动，醉以当歌，极其热闹。看了蜡的活动，孔子问子贡：“赐也，乐乎？”子贡回答：“一国之人皆若狂，赐未知其为乐也。”就是说，举国上下都欢喜若狂，我却不知道这算什么快乐。于是孔子说：“百日之劳，一日之乐，一日之泽，非尔所知也。”百姓们终年辛苦，就这一天可以奢侈尽兴，你这种每天珍馐美味的人当然理解不了。对此子贡应当有回答。接下来孔子说：“文武之道，一张一弛。”对这个小自己三十一岁的弟子，孔子教导他：不能一直紧张，也要适当放松，于文于武这一点都很重要。

无论是在经营方面还是外交方面子贡都很有见地，不过道德方面却颇有原理主义之嫌。因此，孔子谆谆教诲：不要一直绷得太紧，放松也很重要。

孔子逝后子贡服丧六年，超过规定年限。《史记·货殖列传》指出，孔子之所以扬名天下，得益于子贡的大力相助。

子曰："片言可以折狱者，其由也与？"子路无宿诺。

"狱"，审判，诉讼。"折狱"，指的是断案。根据一句话就能断案的应当就是子由这样的人吧。

这句话似乎是对子路作为法官的评价。反之当他作为被审判方时，也因为他的正直，所以根据他一个人的供述法官就可以断案。

"子路无宿诺"，古注与新注解释有所不同。古注解释为不轻易许诺，新注认为是答应的事情马上兑现绝不拖延。

理解跨度如此之大，对读者来说不失为一种乐趣。

子曰："听讼，吾犹人也。必也使无讼乎！"

“处理案件，我和别人差不多。非要说有什么不同的话，那就是我力争使诉讼事件彻底消失。”

“必也”，是在说完某件事之后加以订正，相当于“非要……的话”，对前面的话进行轻微修正。

第三篇《八佾篇》中先说“君子无所争”，然后又说“必也射乎”。君子无所争，非要说有的话，那么只有重视礼仪的射箭游戏。

子曰：“君子成人之美，不成人之恶，小人反是。”

孔子说：“君子成全别人的好事，不帮助促成别人的坏事。小人与之相反。

这里用了“成”字，强调与人相交不能模棱两可。

季康子问政于孔子。孔子对曰：“政者，正也。子帅以正，孰敢不正？”

季康子向孔子询问政治，孔子回答：“‘政’字的意思就是端正。你带头行得正，谁敢不端正呢？”

正即是政。现代汉语如此，孔子时代这两个字的读音也是完全相同的。现代汉语中，这两个字都读作“zheng”

的去声。

春秋至战国时期是个以下犯上的时代。孔子所在的鲁国，本应是国君鲁公统治，但实权却在权臣手里，出现了被称为三桓的三个体系，《论语》中称其为三家或三子。

鲁国的第十六代君主是一个叫桓公的人。“桓”，是立在神圣之处的木头标志，意为庄严、有力量，常被用作谥号。很多国家都有桓公，其中最有名的是齐桓公，成为诸侯联合的盟主。鲁桓公没那么有名。鲁桓公有四个儿子，长子成了鲁国的君主，其他三个分别成为卿大夫，子孙被称为三桓。

三桓依序分别是孟孙氏、叔孙氏、季孙氏，均有自己的领地，后来掌握了鲁国的实权，扰乱了正常的政治秩序，对此，孔子极其反感。

孔子没有显赫的家庭背景，后来虽然算不上功成名就，只是一时之势，却得以堂堂正正地站到了政治舞台之上，原因何在呢？

我想也许是因为孔子是个特殊的人物，是一种非常态的出现。

关于孔子出生的记录非常令人尴尬。《史记·孔子世家》中记载：“纥与颜氏女野合而生孔子。”纥，是孔子父亲的名字，他与颜氏姑娘野合生下了孔子。司马迁时代，儒教已堪比国教，这样写孔子的出生算不算不敬？那个时代的观点是历史必须写得客观公正。

历史上齐国大夫崔杼弑杀齐庄公，史官写道："崔杼弑其君。"崔杼杀之，那个史官的弟弟也那样写，崔杼又杀了那个弟弟。听说都城里的史官都被杀光了，地方史官背着记录用的竹筒、木筒来到都城，崔杼无奈只得作罢。顺便说一下，崔杼之所以弑杀庄公，是因为他的夫人与庄公的不正当关系。

《史记》记载："孔子，贫且贱。"但是孔子却和上流社会的人们交往，不得不说与他的职业有关。《史记·孔子世家》有"孔子为儿嬉戏，常陈俎豆，设礼容"的记载。俎豆是祭礼时盛放贡品的器具。这里说的是孔子小时候玩耍时常模仿祭礼的形式。他幼年丧父，想必是由母亲养育长大。根据百川静的说法，他的母亲大概是一个巫女，可以推测她的背后是执行礼祭的职业团队。

根据《周礼》的说法，拜礼分为"稽首""顿首""空首""振拜""吉拜""凶拜""奇拜""褒拜""肃拜"，共有九种。手如何放，膝盖如何弯，脚的位置，等等，这些都不是只靠木简上的记载就能学会的，必须实际演习，正所谓“学而时习之。”

仪式上会有音乐。孔子极其重视音乐，在齐国听到韶乐而三月不识肉味。这段佳话体现了他的音乐至上主义，不禁让我们想起他的名言：“兴于诗，立于礼，成于乐。”

现在孔子在回答季康子的提问。季康子的父亲季桓子口碑极其不佳。第三篇《八佾篇》的第一章中使用八佾舞的人，虽未明指，但最有力的说法认为是季桓子。总而言之，对这个家族，孔子应当不抱什么好感。

关于季康子继承家业，有一段奇怪的说法。季康子不是其父季桓子的嫡子，《春秋左氏传》中记载，季桓子卧病期间，其妻南孺子有了身孕。临终前，季桓子给一个叫正常的亲信留下遗言，如果生下的是男孩，就让那个男孩世袭；如果生下女孩则让胞（康子）世袭。夫人生产前季桓子去世，于是先立了季康子理事。后来生下一个男孩，正常宣布了季桓子的遗嘱，并载着那个孩子去给鲁公过目，季康子也表明要退位。不过，当鲁公派的人来看望时，可怜的孩子已死，正常也逃到卫国去了。于是季康子又成了季氏的家主。

很可能是季康子杀害了婴儿，《春秋左氏传》的注释里也是那样写的。《论语》中虽然没提到，但是季康子一出现，人们的脑海中就不由得会浮现出争位疑案的灰暗背景。

因此，孔子说的“政者，正也”似乎别有深意。

子贡问友。子曰：“忠告而善道之，不可则止，毋自辱焉。”

子贡询问应该如何与朋友相交。

言语：宰我，子贡。（参见第十一篇《先进篇》）

子贡善于雄辩，因此孔子有些担心他说得过多。

关于如何交友，孔子回答说要给他忠告并好好引导他。现在我们日常用的“忠告”这个词就出自这里。

不过，如果对方不接受也不必勉强，适可而止即可。“则止”，非常平静地抽身，而不是吵一架再分手。

不必自取其辱——这是孔子对子路的忠告。

不论是忠告还是谏言都不能超过度，否则适得其反。子贡这个得意弟子容易过度，因此孔子谆谆教诲他对朋友的忠告也要适度。

第十三篇 子路篇

> 子路问政。子曰："先之劳之。"请益。曰："无倦。"

子路向孔子请教政治，孔子说："无论做什么都要给百姓带头，并且慰劳百姓。"

子路率性而为，却可能想不到慰劳这件事。他感觉孔子的回答过于简单，于是追问："还有吗？"孔子说："要永不倦怠。"孔子了解子路的性格，知道他缺少长性。"益"即增加，"请益"，即请再加些。

古注将"劳"理解为劳动，这句话就成了加倍劳动之意，那样子路一定会更拼命地劳动了。其实子路并非懒惰之人。

> 仲弓为季氏宰，问政。子曰："先有司，赦小过，举贤才。"曰："焉知贤才而举之？"子曰："举尔所知，尔所不知，人其舍诸？"

仲弓做季氏私邑的长官，他向孔子请教政治。与上一章几乎一样，只是这一次提问的仲弓做了季氏的总管，所以更具体一些。季氏是鲁国大夫，手下又有家臣集团。作为这个家臣集团的总管，仲弓责任重大，不敢有丝毫懈怠，因此提问也比较有紧迫感。

对此，孔子回答说要"先有司"，就是说要先找好工作人员。应当是和工作评价有关。仲弓是新任长官，必须识人辨人。对下属的评价势必也要参考以前的记录，孔子建议他不要计较那些小的过失，要举荐贤能。

“怎样才能知道谁是贤能的人，并且提拔他呢？”仲弓接着问。如果不了解当时的官场，确难断言。作为新任长官，他可能是突然空降到一群从未共事过的幕僚之上，或者其中有几个旧相识，亦或者他带来了几个助手。设定各种情形来解读也是读《论语》的乐趣之一。

“提拔你知道的贤才，至于你不知道的人才自然会有别人举荐，也不会被埋没的。”

你提拔了A这个人，那么可能会有人告诉你B比A更优秀，这正是“请自隗始”的道理。

战国时代，郭隗向燕昭王献策招揽人才：“请您先重用我，然后有人就会想‘我比郭隗优秀多了’，于是贤能的人会从四面八方来到燕国。”

燕昭王照做了，果然贤者云集。这个故事出自《战国策》，仲弓这一章让我不由得想到这个典故。

子曰：“诵诗三百，授之以政不达；使于四方，不能专对，虽多亦奚以为？”

《诗》，指的是孔子从众多歌谣中选取的三百余首，现在称作《诗经》。准确地说共三百零五篇，是孔子私塾的教材。

即使会背诵“诗三百”，但是委以政治却不能通达治世，委以外交又不能独立决断，这样的话，记住多少诗篇又有什么用呢?

当时，讨论外交问题时大家常会引用《诗经》，对此《春秋左氏传》中也有所记载。春秋末年，《诗经》成为中原各国的共通教养，引用《诗经》至少在士大夫阶层是能被理解的。

日本的幕府末期也有类似情形。比如说当时九州地区和东北地区因为方言难以沟通，但通过歌谣这种当时武士的共通教养，大家便可以交流了。歌谣里包含很多能[1]和狂言[2]的故事，武士阶层人所共知，因此可以选取其中的合适内容解决眼前问题。要想巧妙运用需要临机应变的能力，或者说灵

1　能，又称“能乐”，日本古典剧种之一。约于日本中世时期由“猿乐”（日本平安时代形成的一种传统艺术形式）分离、发展而成的一种歌舞剧。观阿弥（1333—1384）和世阿弥（1363—1443）父子是集大成人物。

2　狂言，穿插于能剧剧目之间表演的一种即兴的简短笑剧，与能一样，同属于日本四大古典戏剧。因为可以算是能剧的一部分，所以人们常常把它和能剧放在一起合称“能乐”。

光突现的急中生智。

“专对”，指的是一个人应对，相当于全权大使的全权。1878年，清委派崇厚作为全权大使出使俄国，一个算命先生告诉崇厚必须在某月某日之前回国，否则大凶。崇厚相信了算命的话，急急忙忙和俄国签订了协议，胡乱接受俄方要求以致丧失大片领土。这可以说是“使于四方，不能专对”的最典型事例。因为出使辱国，回国后崇厚被判处死刑。他曾经作为天津教案的谢罪使节出使，后来在外国的干预下，死罪才得以赦免。

> 叶公语孔子曰：“吾党有直躬者，其父攘羊，而子证之。”孔子曰：“吾党之直者异于是，父为子隐，子为父隐，直在其中矣。”

叶公是楚国重臣，名沈诸梁，字子高，是孔子晚年朋友，声名不止于楚国，更远播四方。

叶公对孔子说：“我们那里有一个很正直的男子，告发其父偷羊。

法律至上主义——中国将其看作法家思想的极致。即使不是亲生父子，不讲情面地处罚或告发亲近的人，这也都是法家思想。

写下《出师表》与魏交战的诸葛亮挥泪斩马谡也是源于

法家思想，当时是因为马谡违反命令导致作战失败。

叶公自豪地说，在我们那里有一个正直的人，揭发他父亲偷东西。孔子说，在我们那里父亲替儿子隐瞒，儿子替父亲隐瞒，“直”在其中。

中国的法律体制重视儒家观点，为近亲隐瞒罪行不构成犯罪。在日本也是如此，日本刑法第105条规定：如果是亲人，包庇罪犯，掩盖伪造证据者都不予追究刑事责任。

关于这个问题，自古以来法家与儒家就有论争。秦始皇时代的著作《吕氏春秋》也提到这个话题，不过，在那本书里，“直躬”被看作一个人名。

“叶公”的“叶”是地名，现在的河南省还有叶县这个地名，当时属于楚国领地。“齐景公卒。明年”（《史记》），孔子由蔡至叶，见到叶公，当时孔子六十四岁。

> 子曰：“不得中行而与之，必也狂狷乎！狂者进取，狷者有所不为也。”

“中行”，是践行中庸之道的人，中庸是孔子的理想。如果不能和“中行”的人交往，那么退而求其次，会选择与“狂狷”之人结交。

孔子的这句话出人意料。践行中庸的人毕竟很少，那么退而求其次的话应当选择和中庸相近的规规矩矩的人交往，但是孔子说会选择狂狷的人。“狂狷”两字都是反犬旁，有面目狰狞之嫌。不过孔子说“狂”是热衷于某事，“狷”是洁癖之人。他认为狂者热烈，进取心强，爱学习；狷者有洁癖，不会做坏事。

追求理想最终却一无所成，但孔子并不怨天尤人。求之不得，退而取其次。《论语》中“狂”字在别处也出现过。第八篇《泰伯篇》中有：

> 子曰：“狂而不直，侗而不愿，悾悾而不信，吾不知之矣。”

最后一句“吾不知之矣”，古注解释为“不会有这样的事情”。第一句，狂热却不正直，这种事情是不可能的；第二句的“侗”，指的是幼稚，“愿”是踏实，幼稚而不老实，这是不可能的；第三句的“悾悾”指的是愚直，无能而不守信用，这也是不可能的。

不过新注解释为：“近来（春秋末年）出现了一些狂热却不正直的另类，我（孔子）对他们无能为力”，或者直接否定说“那些人是骗子”。

“狂”属于贬义词，不过在孔子的话语中是仅次于中庸的不错的状态。孔子时代，语言的使用好像比较混乱。《阳货篇》中有“古之狂也肆，今之狂也荡”，意思是说：以前的狂人肆意热情，现在的狂人放诞无忌。

子曰：“君子和而不同，小人同而不和。”

这句话很有名。

君子友善却不苟同，小人附和却不友善。“和”与“同”相近，但是比“同”境界要高很多。

人生而有心，两个人可以心意相通相悦，但却无法雷同。“同”，有谄媚之嫌。

孔子经常将君子与小人进行对比。第二篇《为政篇》中有“君子周而不比，小人比而不周”。

子贡问曰：“乡人皆好之，何如？”子曰：“未可也。”“乡人皆恶之，何如？”子曰：“未可也。不如乡人之善者好之，其不善者恶之。”

这里否定了八面玲珑。

一乡有二十五党，一党有五百户，因此一乡就是一万二千五百户。被所有人都称赞的人，孔子认为还没有达到境界，所有人都讨厌的人，也是有问题不可取的。如果做到让一乡之中所有好人称赞所有坏人讨厌，那才算可以。

八面玲珑叫作“乡愿”，更准确地说是“假绅士”或者伪君子。“乡”是人口五万左右的乡下小镇，暗含只在那一块地方才行得通的语气。“愿”是宽宥，为博取人心而无条件地宽恕。孔子不屑这种乡愿。《阳货篇》中有：

子曰：“乡愿，德之贼也。”

说乡下的伪君子欺世盗名。《孟子·尽心篇》中也提到了乡愿。为什么讨厌乡愿呢？因为它像德却不是德。这正如不喜欢紫，因为它像红却不是红，孔子讨厌这种似是而非。

子曰：“以不教民战，是谓弃之。”

让未经过训练的百姓去作战，等于草菅人命，残忍至极。这章的前一章是：

子曰：“善人教民七年，亦可以即戎也。”

这两章明显是连续的。善人比君子低一个境界。善人训练七年的百姓也可以上战场，那么如果是君子来教的话，四年能达标吗？还是说君子不用训练百姓军事？这里没有说君子而说善人，用意无非是让大家自己去考虑。

第十四篇　宪问篇

宪问耻。子曰："邦有道谷；邦无道谷，耻也。"

这篇也是取开头两个字，题为"宪问"。宪是人名，姓原，孔子弟子，以清贫闻名。

宪问什么是耻辱，孔子回答："国家政治清明，做官领薪俸；政治黑暗也做官领薪俸，那就是耻辱。""谷"，领取薪俸。这是古注。

新注解释稍有不同：国家政治清明也罢，黑暗也罢，领薪水都是可耻的。不管国家道义是否行得通，占据职位只领薪水的行为都是可耻的。

参照《论语》其他章节的用法，我认为还是古注更加合理。

宪清贫无欲，曾做过孔子的出纳员。孔子给他九百斛的工资，他推辞不要。孔子不赞成他的这种做法，告诉他如果感觉太多可以分给周边的人。这个情节在《雍也篇》中有记载。

荻生徂徕说九百六十斛可以换算为日本每年九十七石的俸禄，相当于江户时期下级武士的收入。对中日差别的考察，锁国时代[1]就已经开始了，时间上相当于中国考据学最兴

---

1 锁国时代（1639—1858），日本江户时代德川幕府实行的外交政策，限制或禁止与其他国家的人通商与交通等。

盛的清代。

子曰：“有德者必有言，有言者不必有德。仁者必有勇，勇者不必有仁。”

子曰：“君子而不仁者有矣夫，未有小人而仁者也。”

“言”，名言，警言。有德之人定会有名言，但是会说名言的人不一定有道德。这算是逻辑学上“反之未必为真”的实际应用。

君子中也有不仁义的吧。当政者被称为君子，被统治阶层的庶民被称作小人。

《论语》后半部分，即《先进篇》以后多次出现这种论述方式。孔子逝后，门生中要将先师语录整理成一门学问的呼声逐渐高涨。

南宫适，问于孔子曰：“羿善射，奡荡舟，俱不得死其然。禹稷躬稼而得天下。”夫子不答。

南宫适出，子曰：“君子哉若人！尚德哉若人！”

南宫适应当就是《公冶长篇》提到的南容。孔子看他不凡，把侄女嫁给了他。南宫适对孔子说了自己对神话时代的几个人物的看法。

羿和奡，都是粗暴荒蛮的神。儒家不喜欢怪文奇谈，恨不得抹杀羿和奡这类神仙的存在，因此关于他们的详尽记载没有流传下来。

有人说中国神话较少的原因和经常改朝换代有关。每个王朝都本能地想抹去前面朝代的痕迹，因此侥幸遗漏下来的难免支离破碎。

753年，鉴真和尚从扬州大明寺出发东渡日本。大明寺建于南朝刘宋大明年间（457—464），所以叫大明寺。时代变迁，1765年清乾隆皇帝亲笔御书“法净寺”牌匾赐与该寺，无非是命其改名。从清王朝来看，大明虽然已经是一千三百多年前的年号，却是在前朝“明”的前面加上一个“大”字，这个名字当然碍眼堵心。之后那所寺院就被称作“法净寺”。

1980年4月，日本国宝鉴真和尚像重返故里，从那天开始，时隔二百多年，该寺又改回“大明寺”的寺名。

每个王朝都忌讳前朝往事。传说中的羿和奡，分别活跃在尧、夏时代。尧，不知早了孔子几千年；夏，是否真实存在过尚是未知数，现实主义者司马迁对他们不予理睬。

羿是射箭高手，竟要去射太阳。奡能荡舟，细节不详。传说羿控制了夏，却被部下寒浞（传说中奡之父）所杀，奡也被夏的遗孤少康所杀。两人都死于非命。

与之相反，夏的开创者禹，周的开创者稷，都是亲自农耕保住了天下，都得以善终，得享天寿。

孔子默默地听着南宫的话，没有发表意见。这个话题应当很合和平主义者孔子的心意，满座的人可能都期待着孔子说一点儿什么。

南宫出去后，孔子终于开口了："这个人，好一个君子！这个人，修养多么深厚！"

为什么在南宫面前孔子什么都没有说呢？

有各种解释。最有力的解释是，如果话题继续深入，很有可能会有人把孔子比成禹和稷那样的存在，为了避免出现那种局面，孔子特意保持了沉默。

> 子曰："为命，裨谌草创之，世叔讨论之，行人子羽修饰之，东里子产润色之。"

这里描述了郑国写一道辞令是多么郑重。

命，政府的命令、宣言之类。从那时起中国就是文书政治，书写命令是非常重要的事情。

这里提到四个重臣的名字和各自任务。首先要写草稿，现在也将发表前的底稿称作草稿。清代的《清史》没有完结，所以现在暂称作《清史稿》，虽然辛亥革命、清朝灭亡已有百年。不过，还有时间更长的，唐朝灭亡至《新唐书》问世用了足足一百五十三年。

郑国的辞令，起草稿的是重臣裨谌，世叔提意见，外交官子羽润色，拿出修改方案后，东里的子产总结定稿。

子产（？—前522），春秋时代名相。郑是一个小国，夹在晋国和楚国两个大国的缝隙里，因子产杰出的政治才能得以保存。他最先将之前依靠龟卜和巫祝的政治变成法治，把刑书铸在铜鼎上公诸于众，是孔子提倡的人本主义的先驱。

孔子对这位思想家先驱极其崇拜。

> 或问子产。子曰："惠人也。"问子西。曰："彼哉彼哉！"问管仲。曰："人也。夺伯氏骈邑三百，饭疏食，没齿无怨言。"

有人问子产如何，孔子说："他是一个慈悲宽厚的人。"此人接下来问到子西，孔子说："那个人啊，那个人啊！"

子西到底是怎样的一个人呢？不得而知。同名的有几个人。孔子的回答很含糊，似乎担心一明说就像说坏话，又似乎他的看法与世人不同，所以只反复地说那个人的名字搪塞过去。与孔子是这种关系的，最可能的人选是楚昭王之弟公子申。

孔子亡命时，楚昭王曾经准备接纳，这个子西，不知为什么站出来反对，孔子相当不高兴。但是世人对子西的评价特别好。孔子想借大国之力实现自己的理想，却遭到昭王弟弟的反对，周边小国也不希望看到孔子在楚国改革增强楚国实力，因此也都反对，进行各种干扰。陈国和蔡国的阻挠也是在那个时候，前面章节也提到过，孔子一行曾经困顿到吃不上东西。

但是，对楚国而言，当时吴国攻到楚国都城下，是子西力挽狂澜。楚昭王死前想让位给子西，但子西没有接受，而是作为令尹辅佐昭王之子惠王，这一点世人也给与了很高的评价。孔子未能被楚国重用，不免有心结。对孔子来说，这个名字关系到他苦涩的记忆，因此只是重复了一下那个人的名字，其他的什么都不说，这种心理也是可以理解的。

接着又问到管仲。不管是子产还是楚公子子西，都是孔子同时代的人物，郑国宰相子产去世时孔子三十岁。但是这位管仲，是早于孔子两百年的人物。

孔子的回答，首先说："人也。"好像是说他是了不起的人物，《论语》里找不到别的用例。也有人说"人"的上面缺失了一个字，那样的话才与子产的"惠人"对应。如果前面有一字的话，会是"大人"吗？

孔子也并不是全面高度评价管仲，而是既高度赞扬，对其僭越也有所批判。这一章可以理解为对管仲的肯定。

因为某种原因，管仲没收了伯氏骈邑的三百户领地。伯氏因此穷困潦倒，饮食粗劣，但是他至死都没有抱怨过管仲，因为管仲的处置是正确的。

这一章似乎是赞扬管仲，连被剥夺领地的人都不怨恨他，不过我感觉似乎也是在赞扬被剥夺领地而至死无怨言的伯氏。

子贡曰："管仲非仁者与？桓公杀公子纠，不能死，又相之。"子曰："管仲相桓公，霸诸侯，一匡天下，民到于今受其赐。微管仲，吾其被发左衽矣。岂若匹夫匹妇之为谅也，自经于沟渎而莫之知也？"

春秋霸主齐桓公的名相管仲成了话题人物。孔子生于齐桓公称霸与诸侯盟誓百年之后，虽不是同一时代，倒也不算太久远。

子贡问："那位齐国有名的宰相管仲，也算不上仁义之人吧？"

提到管仲，有一个著名的成语"管鲍之交"。管仲与鲍叔是贫贱之交，友情一生未变。公元前685年，齐襄公被堂兄弟公孙无知刺杀，公孙无知也遇刺。襄公弟弟纠和同父异母的弟弟小白争夺王位，纠败死，辅佐纠的管仲转而辅佐纠的仇敌公子小白。好友鲍叔辅佐小白，是他向小白举荐了管仲。小白成为君主，正是齐桓公。

在夺位之争中，桓公杀害了纠，纠的家臣召忽自杀殉主，同为家臣的管仲不但投降小白，还被升任为宰相。因此子贡说管仲算不上仁义之人。对此，孔子从政治家的角度给与了管仲肯定性评价。

管仲作为宰相，辅佐齐桓公成为诸侯霸主，成就一统天下的大业。"一匡天下"，即一统天下。

天下百姓到现在都蒙受他的恩惠。如果没有管仲，这个国家可能已经被蛮夷民族征服，可能已经被迫改从蛮夷的习惯了。中原民族头发是束起来的，衣襟向右，没有管仲，这些习惯也许已经遗失了。

无名百姓为了所谓的情分在水沟里上吊自杀不会引起任

何人的注意，难道管仲也应当这样做吗？不应当。

以上是孔子对管仲的见解，另外，第三篇《八佾篇》中也提到管仲：

> 子曰："管仲之器小哉！"

此句对管仲评价不高。

孔子是将作为政治家的管子和作为人的管子分开来评价的。第十四篇《宪问篇》这一章之前也有：

> 子曰："桓公九合诸侯，不以兵车，管仲之力也。如其仁，如其仁。"

孔子重复了两遍"这就是他的仁德"，也许是在强调仁的多种多样，有政治家的仁，有教育家的仁，有军人的仁，有市井百姓的仁。

这句话是回答子路的，子路也认为管仲没有殉主算不上仁德。子路直率鲁莽，提问也有些咄咄逼人。

"是仁德的啊。"

孔子告诉他，管仲的仁是作为霸主齐国宰相的仁。九合诸侯，不靠战争，通过国际会议实现和平，这正是仁。

为避免鲁莽的子路误解，孔子重复了两次。

子路问事君。子曰：“毋欺也，而犯之。”

这可能是子路确定去卫国任职的时候，他向老师请教辅佐人君的心得。

孔子回答：“不可以欺瞒，但可以进谏。”

“犯”，触犯他人，日语中也有“冒犯颜面”的说法，形容给人忠告。

或曰：“以德报怨，何如？”子曰：“何以报德？以直报怨，以德报德。”

“以德报怨”，《老子》中有类似的说法。《老子》第六十三章里有句“报怨以德”，语序不同，语义相同，也许是当时的流行语吧。

可能某个人说“有人说……”，以这种形式询问孔子的看法。他也许以为能得到孔子的肯定。某人，这里隐去了姓名，也许不是孔子的弟子，或者是孔子反感的人。也许那个人还希望被原谅，于是用“以德报怨”这句话来探虚实。

这里的“德”是恩惠，“有人说拿恩惠回应怨恨……？”那个人试探道。

孔子先问：“那么拿什么来报答恩惠呢？”不分善恶，都回报恩惠的话反倒不公平了。“应当拿公平正直的态度对待怨恨，拿恩惠来报答恩惠。”

这是孔子的结论。“以直”，指的是用正确的方式对待怨恨。对待怨恨的正确方式是什么呢？各种解释任凭想象。

以怨报怨，难免套进复仇的枷锁，能否挣脱这个枷锁要看那个人的心态。对“正确的回应”的解释，也因读者而异了。

第十五篇　卫灵公篇

卫灵公问陈于孔子。孔子对曰：“俎豆之事，则尝闻之矣；军旅之事，未之学也。”明日遂行。在陈绝粮，从者病，莫能兴。子路愠见曰：“君子亦有穷乎？”子曰：“君子固穷，小人穷斯滥矣。”

第一个“陈”，通“阵”，指军队。卫灵公向孔子打听军队的陈列之法，孔子回答说：“祭器的摆放之法我知道一些，至于军队的，我没有学过。”

军由一万两千五百名士兵组成；旅是五百人的兵团。“军旅”，意味着战争。

对方突然打听战争的事情，孔子察觉到黩武气息，心中不悦。《论语》中孔子回答说不懂战争，不过其他文献（《后汉书》等）中记载的是孔子没有回答，马上就离开了。

“明日遂行”，考虑到当时的旅行特点，相当于马上离开。

第二个“陈”是国名。陈国受到南方的新兴国家吴的进攻，一片混乱。当时是公元前489年，孔子带领弟子们出行，队伍浩荡。因为是外来的，粮食得不到充分的供给，大家饿得甚至站不起来。

“君子也能这么落魄吗？”急脾气的子路不满地质问。

“君子也有窘迫的时候，但是即使身陷窘境也不会像小人那样张皇失措。”孔子答道。

孔子一行人在陈蔡两国交界处辗转流离。由于对鲁国政治的失望，五十六岁那年孔子开启了周游列国之旅，十三年后又返回鲁国。陷入陈蔡困境是在周游后期。

按照《史记》的说法，当时南方大国楚国想聘用孔子，这样一来楚国势必会更加强大，因此小国陈、蔡为阻挡孔子，包围了孔子一行。后来楚昭王出兵迎接孔子，总算解除了困境。

这是孔子一生中最大的危机，他经常回忆这段经历。第十一篇《先进篇》中有如下一章：

> 子曰："从我于陈、蔡者，皆不及门也。"

跟随我流亡到陈国、蔡国的弟子们，都失去了入仕的机会。

不过朱子学认为，这里的“门”指的是孔子的家门，这句话是孔子慨叹：“弟子们要么做官，要么去世，进出家门的已经很少了。”

孔子在快要饿死的时候得到楚国军队的救助，之后虽然去了楚国，但是终究不得志，最后还是离开了。

结束十三年的周游重返鲁国时，孔子已经六十九岁。他放弃了从政的想法，埋头教育和编撰古籍，直到七十四岁画上人生的休止符。

> 子张问行。子曰：“言忠信，行笃敬，虽蛮貊之邦行矣。言不忠信，行不笃敬，虽州里，行乎哉？立则见其参于前也。在舆则见其倚于衡也，夫然后行。”子张书诸绅。

子张是孔子最年轻的弟子之一，性格天不怕地不怕，问过孔子各种各样的问题。子张名师，孔子评价他“师也过”，有行止过度之嫌。同一篇里孔子又评价他“师也辟”，“辟”，夸张。子张这个人在孔子口中评价不高，但是在《论语》中却频频出场。当然《论语》编辑成书时他早已过世，应当是他的弟子保存了大量记录。

提问者子张像往常一样，高调地请教该如何实现理想。

“说话诚实，行为笃敬，即使在荒蛮之地，理想也能被理解，否则即使在本乡本土也行不通。”

孔子教导子张时刻不要忘记“言忠信”“行笃敬”。站立的时候仿佛看到这几个字浮现在眼前，坐车的时候仿佛看到这几个字刻在车前面的横木上，这样理想才能行得通。

子张听完孔子的教诲，将这几句话写到衣带上。“绅”是士大夫束在腰间的带子。当时尚未发明纸张，文字只能写到木简之类的东西上面。写到腰带上，倒也符合子张张扬的个性，也因此保存下来孔子的很多话语。

子曰：“直哉史鱼！邦有道如矢，邦无道如矢。君子哉蘧伯玉！邦有道则仕，邦无道则可卷而怀之。”

这里评论的是卫国的两个名臣，一个是大夫史官史鱼。这个人刚直不阿，不管国家政治清明还是黑暗，他都毫不犹豫地如实记录。

后句引用《诗经·小雅》中“其直如矢”一句。蘧伯玉在国家政治清明时从政，政治黑暗时就藏锋守拙。

孔子对这两个人都给与了高度的评价。不过，身处乱世，他对蘧伯玉的立身处世方式也许更有共鸣。

《史记·仲尼弟子》中提到孔子尊敬的诸国前辈，“于卫，蘧伯玉”。顺便说一下，郑国前辈中，孔子崇敬的是子产。

史鱼与孔子关系不详。当时的启蒙读物《千字文》《蒙求》中也有关于史鱼的记述。不管世道如何，史鱼都刚正不阿。因此对可以掩藏才干的蘧伯玉，孔子更怀有好感吧。

子曰："志士仁人，无求生以害仁，有杀身以成仁。"

这句不需解释。

"杀身成仁"，有形势紧迫之感，与第四篇《里仁篇》里的那句"朝闻道，夕死可矣"感觉很像。皇侃在《论语义疏》中解释为情势特殊。"杀身成仁"这样的话不应当是随口说出的。

这一章用"有"与"无"对比，阐释志士仁人的胸怀。

无——不可以做的是为求生而背道。

有——应当做的是杀身以成仁。

子曰："人无远虑，必有近忧。"

这里也是"有""无"对比，读之深以为然，不愧是名句。

子曰："君子病无能焉，不病人之不己知也。"

这一章和第十四篇《宪问篇》的这一句基本相同，

子曰："不患人之不己知，患其不能也。"

另外第一篇《学而篇》中有：

子曰：“不患人之不知己，患不知人也。”

第四篇《里仁篇》中有：

不患莫己知，求为可知也。

这几句意思大致相同，几乎相同的话《论语》中反复出现了四次。

《论语》开卷第一章写的是做学问的乐趣，那里也有一句“人不知而不愠，不亦君子乎”，这里包含了孔子想传授的做人的基本原则。

子贡问曰：“有一言可以终身行之者乎？”子曰：“其恕乎！己所不欲，勿施于人。”

子贡问：“有没有一句话值得终生奉行？”孔子回答：“应当是‘恕’吧。”接下来具体说明“恕”：“己所不欲勿施于人”。这句话令人有似曾相识之感。

第五篇《公冶长篇》中，子贡说：“我不欲人之加诸我也，吾亦欲无加诸人。”听了子贡的话，孔子告诫他说：“赐也，非尔所及也。”赐啊，这不是你能够做到的。

把这两句话放到一起比较，可以看出孔子与子贡说的是同样的内容。《论语》是孔子逝后弟子和弟子的弟子们整理编撰的，偶尔记错了也有可能。

儒教的根本在于“恕”，这种话只有孔子才能说。第十五篇《卫灵公篇》中的话应当是原创，估计《公冶长篇》中子贡的话是由与子贡竞争的派别传承下来的。

无论如何，“己所不欲勿施于人”的教诲在孔子门下认知度极高，是谁的发言并不重要。

> 子曰：“吾尝终日不食，终夜不寝，以思无益，不如学也。”

孔子曾经不吃不睡地思考，但什么益处也没有，还是学习才是最重要的。

学，指的是读书；思，指的是思考。关于读书和思考，第二篇《为政篇》中有句很有名的话：

> 子曰：“学而不思则罔，思而不学则殆。”

无论读多少书，不思考的话就会迷惘。“罔”，盲目状态，看不清楚。

反之，一味地思考而不读书也是危险的。因为信息量太少，难免以偏概全，自以为是。

思考与读书像学问的两个车轮，缺一不可。这里说的是无论怎么思考，不读书就没有材料，好像是做无米之炊。

子曰：“民之于仁也，甚于水火。水火吾见蹈而死者矣，未见蹈仁而死者也。

孔子说：“人民渴望仁德，甚于渴望水火。看见过因洪水和大火而死人，却从没听说过有人因为践行仁德而死。这样可以吗？”

师冕见，及阶，子曰：“阶也。”及席，子曰：“席也。”皆坐，子告之曰：“某在斯，某在斯。”师冕出，子张问曰：“与师言之道与？”子曰：“然。固相师之道也。”

师冕是一位乐师。当时有名的乐师都是盲人，为表达敬意，在名字的前面加个“师”字。孔子私塾里用的教科书是《诗经》，孔子最初就是向盲人乐师学习的。

师冕来访。带他走到台阶前，孔子说：“台阶。”走到坐席前，孔子说：“坐席。”大家落座后，孔子一一说明谁在这里，谁在那里。师冕走后，子张问：“这是和乐师说话的方式吗？”孔子说：“是的。”然后很自然地将“与师言之道与”改说成“固相师之道也”。一个“相”

字，似乎能让人感受到孔子投向身体有缺陷的弱者的关切温暖的目光。

这里出场的子张，是一个不太让人省心的学生，孔子曾经批评他“过犹不及”。爱小题大做、爱虚张声势的子张会怎样向世人转述自己的话呢？想到这里，孔子也许会心怀忐忑。

第十六篇　季氏篇

《汉书·艺文志》记载，汉代《论语》有三个版本，分别是用古文写的《古论》、鲁地学者传诵的《鲁论》、齐地学者的《齐论》。但是现在只存书名，内容已经全部散佚。宋代学者认为，这一篇《季氏篇》的写法与其他篇章稍微不同，也许是出自《齐论》。

哪里不同呢？其他篇里孔子的发言都是“子曰”，只有这一篇是“孔子曰”。另外，只有这一篇，内容上三友、三乐、九思等分项列举很多，与其他篇感觉不同。吉川幸次郎也评论说：“也许是心理作用，感觉《论语》中这一篇最缺乏魅力。”

孔子逝后时代变迁，亲身感受过孔子人格、亲耳聆听过孔子教诲的人都已去世，后代传人们便把重点分条逐项地列出来传诵，有人说《论语》后半部分就出现了这种倾向。

我们来看一看分条列举的例子。

益者三友：直（正直的人）、谅（诚实的人）、多闻（博识的人）。

损者三友：便辟（避难就易的权宜主义者）、善柔（表面恭敬的人）、便佞（夸夸其谈的人）。

益者三乐（三种好的快乐）：适度享受礼乐、赞美他人之乐、广交贤友之乐。

损者三乐（三种不好的快乐）：骄奢之乐、纵游之乐、酒食之乐。

这些内容看上去像是学校的考试答案，空洞无味。

另有三愆、三戒、三畏、九思等，都是数字和生僻汉字的组合，不禁让人联想到教条主义。

> 孔子曰："君子有九思：视思明，听思聪，色思温，貌思恭，言思忠，事思敬，疑思问，忿思难，见得思义。"

第十六篇中分项列举众多，这一章是其中项目最多的。前面提到过，这一篇的特点是不说"子曰"而说"孔子曰"。

君子有九种考虑，古汉语中的"思"比现代汉语中的"思"思虑的因素更多。

视物，考虑是否清楚；听话，考虑是否听懂；表情，考虑是否温和；态度，考虑是否恭敬；言语，考虑是否诚实；工作，考虑是否认真；有疑问，考虑如何求教；生气，考虑会有什么后果；利益在前，考虑是否合于礼义。

孔子曰："禄之去公室五世矣，政逮于大夫四世矣，故三桓之子孙微矣。"

孔子说："鲁国国君失去国家政权已经五代了（宣公、成公、襄公、召公、定公），政权落到大夫手中已经四代了（季武子、季悼子、季平子、季桓子），所以这次轮到三桓的子孙衰微了。"

儒教尚古思想强烈，他们理想的世界都在过去。人们赞美尧舜时代是理想国，孔子也尊崇周公，曾因为梦不到周公而慨叹。好古，是孔子的口头禅。

以前只有天子才有授予爵位与俸禄的权力，不知何时开始权力转移到诸侯手中。这里说的"公室"是鲁国国君家系。现在权力又转移到了卿大夫手中，人民都追念以前的时代。

19世纪广东有一个叫朱次琦（1807—1881）的大学者，他讲述《春秋公羊传》的三世之说，说世界是按照"衰乱之世──→升平之世──→太平之世"的顺序发展的。那么，未来定会有升平、太平的世界。这对学习传统儒学的人来说不啻为一大冲击。洪秀全参加广州地方科举考试落榜，回去的时候在广州六榕寺听讲，精神上受到巨大震撼，入信基督教，后来成为太平天国的领袖。

三世说是朴素的进步史观，但尚古主义在它面前也只是有所动摇，可见尚古主义根深蒂固。

四十年后，康有为（1858—1927）听到朱次琦的讲义，非但不以为奇，甚至认为很不完美，没有可学之处，扬长而去。不过在下一个时代的孙中山（1866—1925）等人看来，曾经的康有为也是陈腐至极而不可共事。

> 孔子曰："生而知之者，上也；学而知之者，次也；困而学之，又其次也；困而不学，民斯为下矣。"

"知之"的"之"指的是什么呢？《论语》的编集者认为众所周知便没有多余解释。"之"应当是"道"或者"道理"吧。孔子的弟子没有人去问"之"是什么，大家努力学习，就是为了明白"之"。

对于为人之道，能生而知之的是最优秀的，可以说是天才，其次是通过学习知道的。那么，他们的老师孔子可以说是天才吧。第七篇《述而篇》中孔子有下面的一段话。

> 子曰："我非生而知之者，好古，敏而求之者也。"

这里孔子明确说明自己不是天才，只是热爱古代文化，勤勉地追求道理罢了。

孔子似乎把自己归在“学而知之者”之列。其次是“困而学之”，最次的是“困而不学”的人。在孔子看来，人有四个档次。

第十七篇　阳货篇

阳货欲见孔子，孔子不见，归孔子豚。孔子时其亡也，而往拜之，遇诸途。谓孔子曰：“来！予与尔言。”曰：“怀其宝而迷其邦，可谓仁乎？”曰：“不可。”“好从事而亟失时，可谓知乎？”曰：“不可。”“日月逝矣，岁不我与。”孔子曰：“诺，吾将仕矣。”

阳货，又叫阳虎，是鲁国卿大夫季氏的总管，属于鲁君的臣下之臣。当时以下犯上盛行，他野心勃勃，后来背叛了季氏。当时的野心家都大力招揽有能力有名望的人以巩固自己的势力，孔子自然进入了阳货的视野。

阳货想见孔子，但总是见不着，于是他给孔子送了小猪。接到有身份人的礼物，按当时习俗是要亲自去还礼的。孔子是礼仪之师，当然不能违背礼仪。“豚”，指的是小猪，烤全猪。孔子家里弟子众多，阳货应当是烤了好几只恭恭敬敬地送去。

孔子当然知道对方的意图，他并不想见阳货，但又不得不去，于是打听到阳货不在家的时候去还礼。

大概阳虎也想到这一点，所以特意装作出门，其实就在家附近等候着，于是孔子与阳货“不期而遇”。

“过来，我有话和你说。你身怀宝贝却不用，坐视国人于水火之中，这是您口口声声说要实现的仁吗？”

孔子说：“不是。”

阳货接着说：“热衷于政治，却屡屡错失机会，这算明智吗？”

“不算。”

“日月流逝，岁不我待。”阳货说。

这时孔子回答：“好吧，我会去做官。”

阳货咄咄逼人，孔子不得不敷衍答应出仕。后来阳货造反被驱逐出鲁国。孔子虽然答应去做官却一直没加入阳货的阵营，而是尽可能地一直拖延。

当时的鲁国政治状况是这样的，国主定公没有实权，权力都掌握在卿大夫季氏手中。然而季氏内部也有以下犯上的倾向，管家阳货掌握了季氏的大权。

孔子希望恢复正常的国主执政，因此必须限制季氏的势力。阳货作为季氏总管，觊觎主家权威，利用阳货削弱季氏力量也许才是孔子关注阳货的原因。对于阳货送的小猪，孔子不是也只说了一个“诺”吗？阳货应当也读出了孔子的真实想法，知道有几分成算。

也有人认为，像孔子这样的人怎么能接受有反骨的阳货的劝诱呢？因此主张《论语》中的阳货与《春秋左氏传》中的阳货不是同一个人。不过，这种主张非常站不住脚。

另外这一章的问答，有人认为有阳货代替孔子回答的部分，“可谓仁乎？——曰不可”，到这里都是阳货说的话，意思是：“能说得上是仁吗？只能说不能。”连应当是孔子说的话都抢着说了。接下来也是如此。“算得上明智吗？只能说不算”，孔子的话只有“孔子曰”以后的两句。

很多人赞成这种说法，包括清代中期王引之（1766—1834）与清末大儒俞樾。

并且，这里孔子说的是“诺”。《礼记》记载：“（父召无诺，）先生召无诺，唯而起。”可见“诺”是比较随意的说法。

有“顺辞远害”的说法，“顺辞”，指的是敷衍搪塞。那之后并没有孔子辅佐阳货的记录，因此，“吾将仕矣”只是顺辞。正如朱子一派中人所说，孔子说将会做官，并没有说要去阳货那里做官。

子曰：“性相近也，习相远也。”

对于曾经熟读《三字经》的人来说，这句话无比亲切。在中国，幼少时期首先要学的教材是《三字经》。《三字经》据说是宋代王应麟（1223—1296）所撰，不过也有异议。《三字经》每句三字，篇幅极长，开头部分大家耳熟能详。

人之初，性本善。性相近，习相远。

这是起句，再懒惰也应当记着这四句话。

人生下来最开始都是善良的。后面六个字与《论语》中相同。孔子高调提倡性善说。生下之初人都是差不多的，后来由于习惯会大相径庭，因此学习非常重要。

幼少时期主要的识字读物还有《千字文》。与《三字经》不同，《千字文》没有一字重复，被用于科举座位编号。[1]

说到这里，孔子发现有一些说过头了。凡事都不能过度，性善说也有例外。我们来看下一章。

子曰："唯上知与下愚不移。"

"上知"，指的是天才，不学而会的天才；"下愚"，即不可救药的愚笨的人。

儒家后来否定"下愚"的存在，用孟子的话说是"人皆

1 《明史·选举志》载："试士之所，谓之贡院；诸生席舍，谓之号房。"贡院里所有房间分别用《千字文》里的每一个字来编号，所有编好号的房间统称为"号房"。

可以为尧舜”。

这一章明显和前一章有关联，因为有“子曰”，所以一般独立为一章。

> 子之武城，闻弦歌之声。夫子莞尔而笑曰：“杀鸡焉用牛刀？”子游对曰：“昔者偃也，闻诸夫子，曰：‘君子学道则爱人，小人学道则易使也。’”子曰：“二三子！偃之言是也。前言戏之耳。”

孔子前往一个叫武城的地方。弟子子游是那里的长官，孔子大约是受邀而去的。武城在孔子故乡曲阜东南，相当于现在的山东省费县[1]。一进城，弦歌之声入耳。儒家重视礼乐，大约是在练习正式的交响乐。

孔子莞然，说道：“杀鸡焉用牛刀？”穷乡僻壤，用得着这么正式的交响乐吗？当然子游是这么理解的。

子游姓言，是孔子门人中出类拔萃的十哲之一。其性格似乎有点儿过于认真，对孔子半开玩笑的话他做出了非常郑重的反应。

“记着先生您曾经说过，君子学道会有仁爱之心，百姓

---

1 关于“武城”所在，有若干说法。一般认为在今山东省费县境内，也有人认为在平邑县境内，还有人认为是山东省德州市西部的武城县境内。

学道就容易指挥。学道，就是学礼乐，不论君子还是百姓都有必要吧？因此我才这样做。”

听了子游的话，孔子回头看了看众弟子，说：“偃之言是也。前言戏之耳。”轻轻一句，订正了前言。偃，子游的原名。

这里孔子似乎是在实践第一篇《学而篇》中人尽皆知的那句话，“过，则无惮改。”

严格地说这不算过错，只是一个玩笑，但是这样云淡风轻地订正前言的态度着实令人神清气爽。

不过，“杀鸡焉用牛刀”这句还有其他解释。一般认为用牛刀杀鸡这个比喻是在揶揄大张旗鼓的交响乐，如果“牛刀”指的不是合乐，而是子游这个人呢？“鸡”便自然指向了武城。

孔子去访问弟子做长官的武城。武城是鲁国都城曲阜东南约一百千米之外的一座小城。虽是要塞，但与孔子所在的曲阜不可同日而语。被称为孔门十哲之一的子游，有的是像牛刀一样的大能力，得到的职位却是武城这样乡下的乡长，实在可惜了雄才大略。

这样解释的话，表明一开始孔子在表扬子游，但是子游并未领会。于是孔子不多解释，只说刚才是在开玩笑。

皇侃的《论语义疏》中可见这种说法。此书在中国早已散逸，只在文章的引用里能零星见到一些，日本流传着室町时代[1]的手抄本。宽严年间（1750年前后）足利学校藏本的校刻本传到中国，被收入《四库全书》。这是中日文化交流的一个事例。

> 公山弗扰，以费叛。召，子欲往。子路不说曰："末之也已，何必公山氏之之也？"子曰："夫召我者，而岂徒哉？如有用我者，吾其为东周乎？"

季氏的一个叫公山弗扰的家臣想在费城谋反。他叫孔子去，孔子准备前往。

公山弗扰是季氏的家臣，季氏又是鲁国的家臣。孔子之所以答应，大概是因为不论是季氏还是公山都是以下凌上之人。为百姓幸福着想，孔子只想选择一个认可自己的人来实现自己的抱负，他的理想是在东方实现周公之道。如果鲁国王室向他投来橄榄枝，他自会欣然前往。但是王室衰微，季氏当道，季氏并未发出任何邀请。

"既然公山叫我过去，我就去把那里变成理想的乐土。"

1　室町时代（1336—1573），也叫足利时代，是日本史中世时代的一个划分，名称源于幕府设在京都的室町。

“吾其为东周乎”——在这个大前提下，无论是季氏还是公山都已无关紧要，重要的是谁能用我。

对此子路很不满，“无论如何都不应当去投靠叛贼（季氏所言）。”

孔子说：“如果要招我去，他一定是有什么想法，趁机也许能实现我的理想，将那里变成东周。因此，我会去。”

《史记》里也记载了这件事，“然卒不行”，最终孔子没有去公山弗扰（《史记》称“不狃”）那里。

> 佛肸召子，欲往。子路曰：“昔者由也，闻诸夫子，曰：‘亲于其身为不善者，君子不入也。’佛以中牟畔，子之往也，如之何？”子曰：“然，有是言也。不曰坚乎，磨而不磷；不曰白乎，涅而不缁。吾岂匏瓜也哉？焉能系而不食？”

有一个叫佛肸的人，据说是晋国大夫赵鞅的家臣，企图在一个叫中牟的地方谋反，他请孔子去，孔子准备答应他。之前是季氏家臣公山弗扰招揽，这次是晋国一个家臣招揽，这一次孔子也想去。要投靠叛党？子路又非常不满。

“先生是不是说过不能和做坏事的人同流合污？”

孔子回答：“确实说过。不过世上有一种东西极其坚硬，无论怎么磨也磨不薄；有一种东西雪白至极，怎么涂也涂不黑。”意思是说，这就是我，我就是这样的人。

但是子路还没明白。

于是孔子又加了一句：“我不是葫芦。不是挂在那里、无滋无味、无人问津的葫芦。”

佛肸这个人名只在这里出现了一次。这里说在中牟谋反，具体原因众说纷纭。“畔”，蕴含着波澜。

孔子一心济世，不愿意像葫芦一样空挂枝头，比喻贴切入骨。

清末，康有为等试图辅佐光绪亲政对抗西太后，曾将《论语》中的这一段作为革新的依据。连孔子都认可反叛，以此以正名分。

子曰：“饱食终日，无所用心，难矣哉！不有博弈者乎？为之犹贤乎已。”

孔子说：“每天吃饱了什么都不干也是不行的。不是有掷骰子和下围棋等游戏吗？与其什么都不做，还不如博弈。”

与其终日无所事事，还不如玩骰子或围棋，至少能用一下脑子。有些中国的大学生打麻将时习惯用这句话当免罪符。

这里其实也并非在大力提倡游戏。博是一种像骰子一样的游戏，规则不太清楚。弈是围棋，和现在差别不大。有人认为博弈是赌博，实则不然。

子曰：“唯女子与小人难养也。近之则不孙，远之则怨。”

这一章经常被作为孔子轻蔑女性的证据来引用。值得注意的是此处女子与小人并列出现。这里的小人不是普通的人，女子也不是普通的女子。“养”字表明指的是用人，在家里听从使唤的人，用当时的话说是“下人”或“侍女”。因在主人近身服侍，并非普通男女关系，尤其一些不能为外人道的事情他们也可能知道。所以过于接近，对方可能心怀不恭，疏远他（她），对方有可能心怀怨恨。

那么应当怎么做呢？《论语》中没有言及。

朱子在《四书集注》中建议：“庄以莅之，慈以畜之。”

说来容易，做起来却没有那么简单。孔子家中规模不是特别大，应当还不至于太为下人而头疼。

第十八篇　微子篇

微子去之，箕子为之奴，比干谏而死。孔子曰：“殷有三仁焉。”

殷末纣王时代，纣王的兄长微子惧于纣王残暴无道而逃亡，纣王的叔父箕子劝谏纣王却不被接受，于是他装疯卖傻成了奴隶，纣王的另一个叔父比干劝谏纣王反被杀害。孔子说“殷有三仁”，指的就是他们。

殷纣王以暴君形象闻名。

不过，《论语》中子贡却说，其实纣王也没有传说中的那么坏。[1]那一句话说的是要避免居于下流。纣王正因为居于下流，所以万恶之恶都流向他。

虽然不是传说中那样的大恶之人，但是作为亡国之君，是恶人这一点应该是不争的事实，这应当是孔子时代对纣王的评价。

国家灭亡了，祭祀也就断了，祖先的魂灵也会灭亡。基于这样的考虑，周朝在消灭殷朝后，将殷朝遗民迁到宋国，让他们在那里继续祭祀祖先。这个遗民之国“宋”的国主就是此处出现的微子。

孔子也是殷商遗民后裔。去世前，孔子留下遗言，说自

1　第十九篇《子张篇》：“纣之不善，不如是之甚也。”

己本是殷人，希望葬礼能够按照殷人的礼仪形式举行。

传说箕子后来成了朝鲜的国君，不过这种说法传奇色彩过于浓厚，作为史实并不被承认。

孔子虽是殷人后裔，但并没有特别强烈的殷人意识。周朝灭殷，是孔子生前六百多年前的事情。孔子敬仰圣人，晚年常慨叹圣人不入梦，那个圣人，不是别人，正是消灭殷朝的周人周公。

殷纣王兄微子逃亡，殷朝灭国后，周朝找到了逃亡的微子，将宋这个国家交给他。

对孔子来说，周朝虽然消灭了殷商，却保存了殷朝残存的势力微子，并赐以宋国，宋国虽小，但殷商祭祀得以延续，因此周也是他们的恩人。

表面上看，殷商免于彻底灭亡，但作为亡国之民，境遇想来多有坎坷。

春秋时期，宋国国力增强，国主宋襄公跻身争霸诸强之列。公元前638年，宋楚交战。如果趁楚军布阵之前进攻则胜券在握，但襄公说君子不应该在对方做好准备之前开战，于是等楚军布完阵后宋国才开始进攻，结果被打败。后来，人们把无谓的仁义称为“宋襄之仁”，嘲讽做事糊涂，也有对宋国作为亡国后裔的蔑视。

《韩非子》中有“守株待兔”的故事，那个守着树桩的农夫也是宋人。

大概人们编了很多笑话嘲讽亡国子孙。时隔六百多年，虽然已经没有了亡国意识，但是孔子也属于被轻蔑的集团。

> 柳下惠为士师，三黜。人曰：“子未可以去乎？”曰：“直道而事人，焉往而不三黜？枉道而事人，何必去父母之邦？”

柳下惠，鲁国人，比孔子早大约一百年。他做法官，曾被罢免三次。有人问他：“这样的境遇，为什么不去其他国家呢？”

柳下惠回答：“哪里都是一样的。如果正直地工作，去哪里都会被罢免几次。不正直地工作，也许不会被罢免，但是那样的话又何必离开父母之邦呢？”

> 齐景公待孔子曰：“若季氏，则吾不能；以季、孟之间待之。”曰，“吾老矣，不能用也。”孔子行。

> 齐人归女乐，季桓子受之，三日不朝，孔子行。

以上两章并列出现，不过是各自独立的。

这两章末句相同，都是“孔子行”，孔子离开，那么孔子离开哪里呢？

他先离开齐国，接下来离开故土鲁国。

孔子去齐国，是在他四十岁的时候。鲁国控制不了卿大夫的势力，国主昭公亡命齐国。当时商人和旅行家经常会去外国游历，诸侯会盟中最有名的“葵丘会盟”（前651）中也有“无忘宾旅”一项。

对鲁国的三桓政治，孔子非常失望，因此不难理解他希望在国外寻找机会推行礼制的想法。年近四十的孔子，首先想在齐国谋一个职位。

当时齐国国君是景公，他想任用孔子，关于待遇，他说：“不能像鲁国对待季氏那样，在季氏和孟氏之间怎么样呢？”虽然《论语》中没有记载，但是齐景公的想法遭到了以卿大夫晏婴为首的众人的反对，意志薄弱的景公最后也就放弃了孔子。至于理由，他说：“我年纪大了，不能任用你了。”

鲁国地位最高的卿大夫是上卿季氏，孟氏是下卿。他们虽是大夫，但祖上都是鲁国国君桓公之子，因此被称为三桓。桓公有四子，长子继承父位称为庄公，其余三子成为卿大夫。

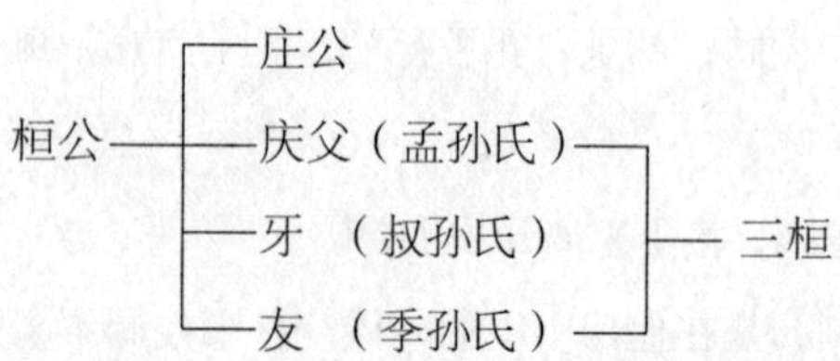

孔子没有“不事二君”的想法，《阳货篇》中有“吾其为东周乎”的句子。公山弗扰谋反，叫孔子去，孔子想去，弟子子路等人极力反对，于是孔子说了上面那句话：要在东方复兴理想中的周礼。

当时孔子五十岁，刚开始政治活动。不过《史记》记载“然卒不行”。

在那之前不久，孔子差点儿被齐国聘用，由于晏婴等人阻挠而搁浅，否则他就已经是齐国的大臣了。从常识角度来看，这也算是“二君”了，不过当时并不以此为恶。

这件事情之后又过了很长时间，孔子做了鲁国的司寇，即法务大臣。时为定公十一年，孔子五十四岁。

孔子等人作为大臣致力于国政改革，鲁国实力有所增强。对此，邻居齐国有了危机意识，于是举国筛选美女，组成八十人的女子歌舞团送到鲁国。当时掌握着鲁国实权的季桓子被迷得不能自已，三日不上朝议事。目睹这一切的孔子彻底绝望，离开了鲁国。

这一段历史《论语》和《史记》都有记载，但因为《春秋左氏传》中没有记载，所以也有学者持怀疑态度。不过孔子与三桓之间的冲突较量也不止于一两件事，应是一件一件积累下来最后导致孔子离开的吧。

孔子带弟子们在外游历了十三年。再次返回鲁国时，孔子已经六十九岁。

> 楚狂接舆，歌而过孔子曰："凤兮凤兮，何德之衰？往者不可谏，来者犹可追。已而已而！今之从政者殆而！"孔子下，欲与之言。趋而避之，不得与之言。

楚国一个叫接舆的狂人，唱着歌从孔子身边走过。"凤凰啊凤凰，为什么要来到这个衰败的世界？过去的已经无能为力，将来的事还来得及。停下吧，停下吧。现下从政危险啊危险！"孔子下车想和他说话，那个人已经小跑着避开了。

"狂"，当时的用法是指不合常规的人。第十三篇《子路篇》中提到，儒者最希望和中庸的人相交，不过中庸的人极少，退而求其次，接下来愿意和狂狷之人相交。狂，指的是过度热情的人；狷，指的是过度洁癖的人。

应当有很多人提醒孔子插手政治的危险，这里提到了楚国的狂人接舆这个名字。这一段也可以断句为“楚狂，接舆……（楚国的狂人，从车前走过）”，然后给予孔子忠告。

不过皇侃根据晋代皇甫谧的《高士传》确定：陆通，字接舆。他唱的歌中“凤兮凤兮”“衰”“追”押韵，读之朗朗上口。

第十九篇 子张篇

子张曰："士见危致命，见德思义，祭于敬，丧斯哀，其可已矣。"

这一篇里没有一句孔子的话。子张是《论语》中出现最频繁的人物，不过孔子对他的评价并不高。人们经常将他与子夏进行对比。两人截然不同，"过犹不及"中的"过"说的就是子张，"不及"说的是子夏。

子张说："看到危险能舍命相助，利益在前会考虑是否可取，祭礼时至虔至敬，葬礼时哀从中来，能做到这些，这个人可以算是合格了。"

子夏之门人，问交于子张。子张曰："子夏云何？"对曰："子夏曰：'可者与之，其不可者拒之。'"子张曰："异乎吾所闻：君子尊贤而容众，嘉善而矜不能。我之大贤与，于人何所不容？我之不贤与，人将拒我，如之何其拒人也？"

子夏与子张，都是孔子的年轻弟子。子夏小孔子四十岁，子张小子夏四岁，这两人经常被拿来比较。

他们的弟子，按辈分说算是孔子的徒孙，彼此之间有交流。当然这都是孔子去世以后的话了，双方都以继承了孔子正统衣钵自诩。

子夏的门人向自己老师的竞争对手子张询问与人交往之道。

子张反问："你们的老师是怎么说的呢？"

学生们回答："我们的老师子夏说要和好人交往，拒绝不好的人。"

听完学生们的话，子张说："我从老师（孔子）那里听到的与你们老师的说法不太一样。我听到的是，君子尊重贤能的人，也包容普通人，鼓励善良的人，也同情没有能力的人。如果我是个大大的贤人，就能包容所有的人，如果我不贤明，就会被别人排斥，哪里轮得到我去拒绝别人呢？"

这段问答发生在孔子去世以后。当时对孔子的话有各种各样的解释。

子张从孔子那里听到什么马上就写到自己的衣带上，因此在编撰《论语》时，衣带上的记录成为重要的资料。也有人认为，这也是为什么子张的名字出现次数最多的原因。

不过孔子对他的评价是"过""辟"等，不算很高。因为他"过""辟"，所以才会毫无顾忌地提问，才出现次数最多吧。《论语》中他主要是以提问者的身份出现。

这里出现了子夏的门人，子夏本人没有出现。孔子去世以后很长时间才开始编撰《论语》，当时无论是子夏还是子张都已经不在人世。可能是分别承继子夏和子张学问的门人之间发生了分歧，由此也可见两派的对立。

子夏曰：“日知其所亡，月无忘其所能，可谓好学也已矣。”

这应当是孔子逝后，子夏作为一派掌门人所说的话。

“每天都学到新知，经月不忘，这确实可以说是好学的了。”

明末清初的大儒顾炎武，洁身自好，不在清廷做官，周游各地，遍访故交，奋力著书研究，其主要著作《日知录》共三十二卷，书名就来自“日知其所亡”。

子夏曰：“博学而笃志，切问而近思，仁在其中矣。”

这也是子夏的话。

宋代朱熹与吕祖谦合编了一部十四卷的启蒙读物《近思录》，显而易见，书名取自这句话。

这本书和四书（《大学》《论语》《孟子》《中庸》）及《小学》（朱子门人刘子澄根据朱子要求汇编而成）被一

起列为朱子学的必读书目。日本的山崎闇斋[1]尤其推崇《近思录》，最高学府昌平黉[2]也学习《近思录》。

子夏曰："君子信而后劳其民，未信则以为厉己也。信而后谏，未信则以为谤己也。"

子夏说："君子要得到人民充分的信任以后才让他们做事，否则会被认为是在折磨他们。对待一般百姓如此，对待君主也一样。必须在得到信任以后才去进谏，否则君主会以为你在诽谤他，首先要让君主相信你不是诽谤君主的人。

曾子曰："堂堂乎张也，难与并为仁矣。"

曾子名参，孔子门人曾皙之子，父子两代都是孔门弟子。同样，颜回和他的父亲颜路也都是孔子门人。颜回被孔子寄予厚望，希望他传承衣钵，却不幸早逝。曾氏父子和孔子一家关系似乎也非常亲厚。这里介绍的是曾子对同门子张的评价。

1　山崎闇斋（1618—1682），名嘉，别号垂加。日本江户时代初期儒学家、神道家。

2　昌平黉，亦称"昌平坂学问所"，日本德川幕府直辖的最高教育机构。前身是1630年林罗山（1583—1657）建立的私塾，明治维新后先后更名为昌平学校和大学校，1871年废校。

“堂堂乎张也”，曾子先这样说道。

子张相貌堂堂，器宇轩昂，并且无所畏惧，在老师孔子面前也是有问题就毫不犹豫地提问。《论语》中他作为提问者发言最多。

谁都会以为曾子是在赞扬子张，想不到接下来话锋一转：“难与并为仁矣。”和他在一起，不会去实践孔子的“仁”。

这里不由得让人再次回味孔子对子夏、子张两个弟子的评价，那个评价实在太有名了。孔子对子张的评价是“过”，过度，过分。对子夏的评价是“不及”，节制。“过犹不及”。

孔子的理想境界是“中庸”，两个人都达不到。因此曾子慨叹，和行事夸张的子张在一起是很难践行“仁”的。

子贡曰：“纣之不善，不如是之甚也。是以君子恶居下流，天下之恶皆归焉。”

这一篇没有一章是以“子曰”开头的话，而是汇集了孔子的几个弟子子张、子夏、子游、曾子和子贡的话。

子贡说：“殷纣、夏桀经常被并提，殷纣王一直以来都是残暴无道的形象，实际上他可能并没有那么不堪，只是人们把能想到的坏事都加到他身上罢了。所以说君子尽量不要居于容易藏污纳垢的下流地段，天下的恶名说不准都会顺流而下汇集到那里。”

《论语》成书时代就已经有人认为纣王可能并非传说中那般十恶不赦，于是那些大加称颂西周伐纣的学者坐不住了。对子贡上面的话，朱熹说纣王还是有罪的。

1899年出土了大量甲骨文，殷朝历史也渐渐明朗。古代为求得神的旨意，会用人做祭品。纣王的父亲帝乙、祖父文丁以及曾祖父武乙的时候都曾多次以人祭祀，而在纣统治的六十四年间却几乎没有过。也许有关记载还尚未出土，不过有记载他曾经频繁出兵东征。有观点认为是纣不忍处死奴隶和俘虏，不过我倒以为这是人本风气的一种体现，这样与周的圣王在时代上也更容易衔接。

卫公孙朝，问于子贡曰：“仲尼焉学？”子贡曰：“文武之道，未坠于地，在人。贤者识其大者，不贤者识其小者，莫不有文武之道焉？夫子焉不学，而亦何常师之有？”

子贡是一个大富翁，人品又好，众人仰慕。他是卫国人，姓端木，名赐，字子贡。孔子最得意的弟子是英年早逝的颜回，子贡从来不把颜回看作自己的竞争对手。孔子问他对颜回的看法，他回答说："回也闻一以知十，赐也闻一以知二。"

当时有人说子贡比孔子了不起。的确，在经商方面也许子贡更加优秀。孔子带领弟子周游列国的时候，子贡负责经济后援。不知何时开始有了这样的传言，于是子贡极力扑灭流言，"不是那样的！"尤其《子张篇》中这样的话数次出现。

这里说的"文武之道"和我们平常说的"文武双全"的用法不同，指的是周文王和周武王的道，即圣人之道。

卫国大臣公孙朝问子贡："孔子是向谁学习的呢？"子贡回答："文王武王的圣人之道并没有从地上消失，而是传到了民间。贤者理解其中的要义，普通人记住一些细节。虽然形式不尽相同，但皆是圣人之道。夫子无处不学，也没有固定的老师。"

一般的人称呼孔子"仲尼"。孔子本名"丘"，据传是他母亲登上尼丘山祈祷而受孕，因此命名为"丘"，字"仲尼"。古代中国人，名字是父母亲及身份更高的人称呼时用的，一般的人对其称呼字。因此孔子被称呼"尼"，前面加上了表示兄弟排行的伯仲叔季。"仲"严格来说是"第二个”，但也只是大致情况。“季”是最后一个，名字用了“季”之后又有弟妹出生就比较尴尬，因此都不是固定的。

说一句题外话，日本人经常会从父母名字中取一个字用到孩子名字里，这在中国是不敬的。比如说诗人西胁顺三郎的长子叫顺一，这在中国是不可思议的。孩子出生的时候，要查清六代前的先祖名讳，要避开那些字再给孩子命名，称为“讳字”。孩子嘛，大人或者同伴可能会叫得很随便，如果使用父亲或者祖父的名字就很不合适了。

不过“之”字特殊。关于“之”的用法有各种说法，包括调整音节、代表某社团标志等。比如书圣王羲之的儿子叫王献之，是罕见的例外。

第二十篇 尧曰篇

子曰："不知命，无以为君子也；不知礼，无以立也；不知言，无以知人也。"

"命""礼""言"，懂得这三点非常重要。

"命"，指的是天命，君子当知天命。天命是宿命，也包括自己努力而争取到的命运。荻生徂徕说人是受天命成为天子，成为公卿，或者成为士大夫，这种观点在现代社会是不被认同的。

不知"礼"，就无法立足于世间。在第八篇《泰伯篇》里我们已经读过"立于礼"这句话。关于如何完成做人的教养，孔子只说了九个字："兴于诗，立于礼，成于乐。"读《诗》而振奋，习礼而沉静，最后在音乐中获得圆满。

不妨与本篇对比来看。

"兴于诗"，读《诗》而兴起是一切的开始，这一篇中与之对应的是"知命"，知道天命难道不是让人兴奋的事情吗？

人类使用语言，不懂得语言也就无法理解人。将语言说得诗性些是不是"乐"呢？不管是语言还是音乐，其最终境界都是使人浸染其中。

这一篇被放在《论语》的最后。前面提到过《论语》有三个版本，分别是鲁人的《鲁论》、齐人的《齐论》及汉景帝时在孔子旧宅发现的《古论》。每个版本都支离破碎，现在我们看到的是后来郑玄（127—200）校订过的版本。

《论语》分二十篇，分别选开篇几个字做标题，比如《学而篇》《为政篇》等。也有将其分为前后两部分的，前后各十篇，分别为上论和下论。上论就是现在所见《论语》的前半部分，大致可以确定是孔子私塾里发生的事情；下论即后半部分，有些地方存在争议，比如最后一篇，据说《鲁论》中没有这部分。

后记

《论语》这部书，今后我也将读之不倦。它的魅力在于读者众多，不论古今。我常会想象无数的读者读到某处是什么心境，这是我阅读《论语》的一大乐趣。

比如，我撰写《鸦片战争》时不禁会想：钦差大臣林则徐（1785—1850）如何看待“君子不器”呢？李鸿章（1823—1901）与日本签订屈辱的讲和条约回国的时候，脑海中是否浮现过“杀身以成仁”这句话？

当然，这样想象的前提是他们无疑都读过《论语》，就像基督徒都读过《圣经》一样。

中国语言是用表意文字书写的，两千年前和现在意思大致相通。只可惜是写在竹简和木简上，所以当时的共识部分经常被大刀阔斧地省略掉。两千年前的常识不等于现在的常识，因此，《论语》不但是一部伦理方面的教科书，也是一座研究历史学、语言学和民俗学的宝库。

这也是长久以来我对它爱不释手的原因。

感谢中央公论新社的宇和川准一先生，是他的理解和鼓励才使我下定决心去整理长期以来的笔记（包括脑海中的）。在此深深致谢！

2007年2月

陈舜臣